皇帝陛下の懐妊指導
初恋の王女は孕ませられて

沖田弥子

YAKO OKITA

登場人物
レオンハルト
シャルロワ王国の隣国
アイヒベルク帝国の皇帝。
ユリアーナの初恋の
相手でもある。
ユリアーナ
シャルロワ王国の若き女君主。
実質の女王だが、国の慣習で
成人まで「王女」と呼ばれている。
政治的な思惑で
生涯独身を貫こうと考えて——!?

アン
港街ラセンの
領主の娘。
ドメルグ
ユリアーナの叔父。
野心家で息子を
王配にしようとしている。
クリストフ
ドメルグの息子で、
ユリアーナの
王配候補。
ディートヘルム
レオンハルトの第一侍従。
常にレオンハルトに
付き従っている。
バルリング
港街ラセンの
アイヒベルク帝国側の
総督。
エリク
シャルロワ王国の元近衛隊長。
ドメルグにより、
ラセンの総督府に左遷された。

目次

皇帝陛下の懐妊指導

初恋の王女は孕ませられて

序章　幼き日の約束

シャルロワ王宮の庭園には馥郁たる薔薇の香りが漂う。

幼い王女のユリアーナは、五つ年上の皇子レオンハルトとままごとに興じていた。

「――はい、レオンハルト。甘いケーキを食べてちょうだい」

「ありがとう、ユリアーナ」

輝く笑みを浮かべたユリアーナは小さな手で、玩具のケーキを載せた皿を手渡す。

隣国――アイヒベルク帝国の皇子であるレオンハルトは、十歳にしてすでに帝王学を学んでいる次期皇帝の身分だ。そんな少年には女の子のままごと遊びなど興味が持てないだろうに、彼はシャルロワ王国を訪ねると必ずユリアーナに会い、彼女の遊び相手を買って出ているのだった。

大理石のテーブルには料理を模した数々のミニチュアが並べられている。それに白馬や馬車、城や教会の模型。その教会の祭壇には、純白のドレスを纏う花嫁と、同じく純白の礼装を着込んだ花婿（はなむこ）の人形が並んで置かれていた。

レオンハルトは、ふたつの人形をじっと見つめる。そして顔を上げて顎（あご）を引き、紺碧（こんぺき）の双眸（そうぼう）をまっすぐにユリアーナに注いだ。

「ユリアーナ、私と結婚してほしい」

唐突なプロポーズに、幼いユリアーナは碧色（みどりいろ）の瞳を瞬（また）かせる。彼女の絹糸のような銀髪を、薔薇園（ばらえん）からそよぐ風がさらりと撫（な）で上（あ）げた。

「けっこん……？」

「そう。私の花嫁になってほしい。こういうふうに、教会で永遠の愛を誓い合って夫婦になるんだ」

教会の祭壇（さいだん）に立つ花嫁と花婿（はなむこ）の人形を、レオンハルトは指し示す。

ユリアーナも結婚という儀式については知っていた。愛し合うふたりが生涯を共にするという誓いを捧（ささ）げるのだ。

でも……

ユリアーナは小首を傾（かし）げた。

――レオンハルトと私は、結婚できないのじゃないかしら？

彼女はシャルロワ国王の唯一の子どもである。

国王である父は常日頃から、ユリアーナが王位を継ぐのだと説いていた。そしてレオンハルトは、隣の国の皇帝になる身だ。

別の国の王と皇帝では、結婚できないと思う。

けれど優しくて素敵なレオンハルトは大好きだ。

彼のプロポーズを受けるための打開策を、ユリアーナは咄嗟に思いついた。

「いいわよ。赤ちゃんができたらね」

無邪気な答えに、レオンハルトは目を見開く。

――お父さまとお母さまの子どもは私しかいない。だからお父さまは、私が次に国を継ぐ者だと期待しているのよね。けれどもし弟が生まれたなら、彼が国王になって、私はレオンハルトの花嫁になれるのだわ。

名案だと思ったのに、レオンハルトはなぜか気まずそうに視線を泳がせた。若干、頬に朱が差している。

「赤ちゃんができたら……。そうか……」

「いいでしょう？　そうしたら、私はレオンハルトの花嫁になれるわ」

「うん、そうだね。でもユリアーナはまだ幼いから、私たちが大人になったら赤ちゃんを作ろう」

——大人になったら……？

弟が生まれるのを、そんなに待たなければならないのだろうかと疑問に思う。それにレオンハルトはまるで、ユリアーナとふたりで赤ちゃんを作ると言っているような気がする。

もっとも、どうすれば赤ちゃんができるのか具体的な方法はわからない。ただ、ユリアーナにも手伝えることがあるのかもしれないと考え直す。

ユリアーナの母は病弱で離宮に引きこもっているため、滅多に娘に会えず寂しい思いをしているだろう。赤ちゃんが生まれるお手伝いをユリアーナがすれば、喜んでもらえるに違いない。

まだ硬い薔薇の蕾が一瞬だけ花開いたかのような、満面の笑みをユリアーナは見せる。

レオンハルトは眩しそうに目を眇めて、その表情を愛しげに眺めた。

「大人になったら、赤ちゃん作ろうね。レオンハルト」

「うん……約束だよ。ユリアーナ」

風に乗り、艶やかな薔薇の花弁が庭園に舞い散る。

幼い王女と皇子の誓いは、その薔薇だけがひっそりと聞いていた。

第一章　王女の憂鬱

シャルロワ王国のユリアーナ王女は玉座に凭れながら、幾度目か知れない溜息を零した。

隣では叔父であるドメルグ大公が延々と苦言を呈している。

「ですから、王家の存続のためにも王女には一刻も早く婚姻を結んでもらわねばなりません。我が息子のクリストフは王配に相応しい身分でありますゆえ、あとは王女が了承してくだされば済む話なのですぞ」

ドメルグ大公は、息子のクリストフとユリアーナを結婚させようと執心している。

だが、クリストフは女遊びが激しく、政治にはまるで興味がない。王配に相応しいのは身分だけだ。

大公が国政を握るためにクリストフと結婚させようという魂胆は見え透いていた。

「それは何度も聞いたわ、ドメルグ大公。でも私は、生涯独身を貫くつもりなの。お断りするわ」

現に大公は息子を王配にするため、他の貴族に圧力を掛けているという。

父王亡きあと、王位を継いで三年。現在十九歳であるユリアーナは、未だ〝王女〟と呼ばれている。この国での成人年齢である二十歳まではこの敬称が使われるのが、シャルロワ王国の慣習なのだ。とはいえ、実質の王であるユリアーナには、大公のせいもありクリストフと結婚するという選択肢しか提示されない。

せめて弟でもいれば、彼に王位を任せ、選択の幅を広げられるのに……

王のひとり娘であるユリアーナには、シャルロワ王国の王位という重責がかかっている。

病弱だった母はユリアーナが幼い頃に他界し、父は後添(のちぞ)いを娶(めと)らなかった。母を愛していたという理由もあるのだろうが、彼は王家を静かに終わらせようとしていたのではないかとも考えられる。現に死の間際に父は、『王家が終わろうとも、国民を守らなければならない』とユリアーナに言い聞かせたのだ。仮にユリアーナが独身を貫(つらぬ)き、結果として王家が終わっても問題ないだろう。

ところがドメルグ大公は、ユリアーナの言葉に目を剥(む)く。

「何をおっしゃいます！　五世代の条約はどうなさるのですか。このままでは王家が崩壊してしまう。我がシャルロワ王国は、アイヒベルク帝国に滅ぼされてしまいますぞ！」

——五世代の条約。

それこそ、王家が抱える最大の問題だった。

小国だが豊かな土壌を持つシャルロワ王国は、隣国のアイヒベルク帝国と同盟と戦争を繰り返していた。そしてユリアーナの高祖父の代に起きた戦争で大敗し、帝国に吸収されそうになった。無論、王家の廃止も決定される。

しかし高祖父が必死にアイヒベルク帝国皇帝に嘆願した結果、二度と戦争を起こさないことを条件に、五世代まで王家の存続を認められたのだ。

この条約には他にも条件が幾つかある。

五世代は直系の血族で繋げなければならず、養子をとることは認めない。

王位を継ぐのは庶子や女性でもよい。

五世代目の王となる者が成人するとき、すみやかに帝国に領地を譲渡すること。また、直系の子が生まれないなど、万一、王位を継げる者がいなくなったときは、その時点で譲渡すること。

ただし、それまではシャルロワ王国の代々の君主はその座にある限り国を平和に治める最大限の努力をすること。

それが、五世代の条約である。

現在のシャルロワ王国は、いわば帝国のお情けで成り立っている状態だ。自治権は保全されており支配は受けていないものの、五世代目までと期間が限定されている。

高祖父から数えてユリアーナは四代目にあたった。

つまりユリアーナの子が成人するとき、シャルロワ王国と王家は消えるのだ。

王国は滅亡し、脈々と歴史を刻んできた王家も消滅する。

ユリアーナはそれも仕方ないと思っていた。戦争を仕掛けたのは高祖父なのだから。

当時、王家が途絶えて然(しか)るべき状況だったのだ。五世代の猶予を与えられたことは、アイヒベルク帝国皇帝の恩情に他ならない。

父も王家を存続させることを諦めていたような気がする。だからこそ病弱な母を気遣い、無理に男子をもうけず、静かに国を統治していた。

ユリアーナも亡き父王の遺志に従うつもりだ。

王家がなくなり、国が消滅しても、国民が穏やかな暮らしを続けられさえすればいい。

王女であるユリアーナが独身を貫(つらぬ)き、四代目で終わらせてしまうなら、高祖父の代に起こした戦争の決着を早々につけられる。

そのつもりなのに……

厄介なのは、父の弟であるドメルグ大公の存在だった。

「まったく……私が王位を継いでいれば、今すぐにでもアイヒベルク帝国に攻め入るものを。王弟が王位を継ぐ国など数多（あまた）の例があるというに、歯がゆいことこの上ない。条約などに縛られているから、小娘に国を統治させるなどという由々（ゆゆ）しき事態が起こってしまうのだ」

呟（つぶや）かれた愚痴（ぐち）は、しっかりと聞こえている。

大公は父が健在だった頃から、国王たる器（うつわ）なのは兄より自分だと自負していた。

確かに諸外国では王弟が王位を継ぐ例も見受けられる。

だがシャルロワ王国の場合は五世代の条約に縛られているため、直系の血族しか王位を継げない。ユリアーナの父が王となった時点で傍系になった叔父が王位に就（つ）きたくても、できないのである。

それゆえドメルグ大公は玉座に座るユリアーナに息子のクリストフを宛（あて）がい、生まれた子を操って王国を意のままにしようと目論（もくろ）んでいるのだろう。

彼は、今でもユリアーナに税金が安すぎるので引き上げるべきだとか、周辺諸国を併合するために農民を徴兵するべきだとか進言してくる。そんなドメルグ大公が王国を統治すれば、国民が疲弊（ひへい）することは想像に易（やす）い。シャルロワ王国は領地が狭すぎると常々嘆いている彼のこと、領地拡大目的で戦争を起こす可能性もある。

だから、ユリアーナは決してドメルグ大公を祖父とした子を生してはいけない。彼に王権を握らせはしないと、心を決めていた。

「ドメルグ大公。聞き捨てならない言葉が耳に入ったわ。アイヒベルク帝国に攻め入ろうとは、どういうつもりなの。あなたが恨みを抱く五世代の条約が締結されたのは、高祖父が帝国に攻め入ったことが原因なのよ。また新たな火種を作ろうとでも言うの？」

するとドメルグ大公は大仰に手を広げて訴えた。漆黒の口髭が揺れる。

「戦を起こさねば、このまま王家は断絶されてしまうのですぞ！　ユリアーナ王女は高貴な身分でありながら、先祖の血が途絶えても良いとおおせなのか。かくなるうえは条約の破棄を求めて、帝国へ戦争を仕掛けるしかないではありませんか！」

「あなたこそ、何を言っているの⁉　戦争は絶対にしないわ。国民の幸福を守るのが王家に残された使命よ。大公はよほど戦争を好むようですけれど、もしも兵を蜂起させたら大公の身分を剥奪します」

そうユリアーナが脅すと、ぐっと、ドメルグ大公は息を詰めた。

いまだ王女と呼ばれていようが、王位に就いているのはユリアーナなのである。

そして、ドメルグ大公は王女の叔父といえど、臣下。ユリアーナの決定に逆らうことは、王国への反逆だ。

剣呑な光を宿した目の力をかろうじて緩めたドメルグ大公は、口元に笑みを刷いた。

「それでは丸く収めるために、クリストフと結婚してくださいますな？」

そして話は振り出しに戻る。理屈が通っていないうえに堂々巡りの話し合いに、うんざりしたユリアーナは嘆息した。

「結婚はしないわ。子は生まれないから、私の代が終わればシャルロワ王国はアイヒベルク帝国に吸収されることになるわね」

「なんと！　では王女は混乱を望むのですか。四世代で譲渡すれば国内が混乱することは必至ですぞ。混乱に乗じて王国を乗っ取ろうとする輩が現れるやもしれません。高祖父の遺志を継いで、結婚して子をもうけるべきではありませんかな！」

——王国を乗っ取ろうとする輩とは、目の前にいる口髭の人物ではないかしら？

心の中で呟いたユリアーナは冷めた目線を投げた。その思いを知ってか知らずか、ドメルグ大公は余裕の笑みを浮かべて髭を撫でている。

結婚か、戦争か。

二者択一を迫られた格好だが、どちらも選ぶことはできない。

ユリアーナは玉座の肘掛けに、優雅に掌を添えた。ドレスの袖についた繊細なレースが、はらりと広がる。

「そうね。ドメルグ大公の言うことも一理あるわ。五世代の条約は高祖父たちが王家を存続させるため、そして国内の混乱を防ぐために取り決めたことですもの。その遺志を無下にすることはできないわ」

「では……！」

ユリアーナは驚喜を見せる大公に、ぴしりと言い放った。

「アイヒベルクの皇帝陛下に私が直接、お考えを伺うわ。条約の終結を近い未来に控えて、帝国にもご都合があるでしょう。陛下の意見を伺った上で結論を出します」

その言葉にドメルグ大公は狡猾な視線を巡らせたが、ややあって了承した。

シャルロワ王国の存続に帝国の存在は無視できない。アイヒベルク帝国の現皇帝は若く、このまま行くと彼が存命中に五世代の条約が終結する可能性もある。ドメルグ大公としても一度帝国の意向を聞く必要があると考えたのだろう。

ようやくドメルグ大公が王の間を辞すると、ユリアーナの口から深い溜息が漏れた。

かつては栄華を誇ったであろう絢爛な君主の間も、今は寒々しさを覚える。

時間稼ぎをしただけで、問題は何ひとつ解決していない。

皇帝との謁見を終えて戻れば、ドメルグ大公は戦争と結婚の両方の準備を整えているだろう。

先程は大公の地位を剥奪すると釘を刺したものの、ユリアーナが警戒を示しているのは当然ドメルグ大公も承知している。簡単に弱みを見せないはずで、王女の叔父である大公という身分を剥奪するのは、言うほど容易ではない。

――気が重いわ……どうすればいいのかしら……

こんなとき、父が生きていれば判断を仰げるのに。

ユリアーナには国家の行く末について相談できる相手がいない。

大臣たちは王女派と大公派に分裂していて、睨み合いの状態が続いている。彼らに相談すると、大公の一派に情報が漏れるかもしれず、迂闊なことは言えないのだ。

君主とは孤独なものだと実感する。

クリストフとの結婚を受け入れれば、いずれはドメルグ大公が国政を牛耳り、領土拡大のため近隣諸国に戦争を仕掛けることは目に見えている。そうなれば当然、国民も戦火に巻き込まれるだろう。

そんな未来は国民も亡き父王も望んでいない。

ユリアーナはきつく肘掛けを握りしめた。

――ドメルグ大公の思いどおりにはさせないわ。

一国の王女として、叔父の好きなようには決してさせない。

決意を込めた眼差(まなざ)しで、ユリアーナは侍従にアイヒベルク帝国への使者を出すよう命じた。

第二章　皇帝との再会

騎乗した近衛兵が守る四頭立ての馬車は、漆黒に塗られていた。華美さはないが上質な馬車の扉には、百合を基調としたシャルロワ王家の紋が刻印されている。

それは、シャルロワ王国の王女ユリアーナが乗っていることを示していた。

車体は眩い陽の光を撥ねて輝いている。

ユリアーナはアイヒベルク帝国皇帝との謁見を果たすべく、王都をあとにしていた。

揺れる馬車の中で、ぎゅっと拳を握りしめる。

アイヒベルク帝国皇帝に会うのは初めてではない。

——レオンハルト……こんな形で再会することになるなんて……

ユリアーナの脳裏に、幼い頃の薔薇園での思い出がよみがえる。

皇子であった頃のレオンハルトは、度々ユリアーナと遊んでくれた。結婚してほしいとプロポーズされたことも覚えている。今となっては懐かしい思い出だ。

確か、あのプロポーズには弟が生まれたなら結婚すると返答したはずだが、彼はたいそう戸惑っていたように見えた。

ユリアーナは幼かったので、互いの立場をおぼろげにしかわかっていなかったのだ。

もっとも、それはレオンハルトも同じで、だからこそ求婚してくれたのだろう。

シャルロワ王国の統治者であるユリアーナが君主の座を放棄し、他国に嫁げるわけがない。そんなことをすれば王国を治める者がいなくなり、ただちに帝国に吸収されてしまう。それは国民たちに混乱をもたらすし、第一、ドメルグ大公が黙っていないだろう。

自分の代で王国を終わらせるにしても、責任を放棄するのではなく、きちんと手順をふんで終わらせたかった。

皇帝に即位した今では、レオンハルトも当然そのことを理解していると考えられる。

もしかしたら、ユリアーナにプロポーズしたことすら忘れてしまっているかもしれない。

それでも、彼が未だ妃を娶っておらず子もいないことに、ユリアーナは安堵していた。

彼と結婚できるわけがないとわかってはいるものの、自分にプロポーズしてくれた男性が見知らぬ女性を隣に置いている光景なんて見たくないものだ。

……でも、いずれはレオンハルトも美しい貴族の令嬢を娶る。

途絶えゆくシャルロワ王国とは違い、大国のアイヒベルク帝国皇帝が次代の子孫を残すことは義務なのだから。

金髪で碧眼のレオンハルトは、美貌の青年に成長しているのだろうか。最後に会ったのは彼がまだ十代の頃なので、当時とは印象が変わっているかもしれない。最後に会ったレオンハルトは女の子のように美しかった。今となっては、それも自らの願望が見せた夢だった気もする。

彼に会いたい、という思いはずっと胸の底に秘めている。

統治者としての責務に追われているユリアーナは、恋を経験したことがない。そのような自由な身分ではないと初めから諦めてもいた。

ただ、寂寥感を覚えるときはいつも、無性にレオンハルトに会いたいという思いが胸の奥底から迫り上がってくる。だがすぐに従者から会議の予定を聞かされるなどして我に返り、無理やり感情を押し込めるのだ。

その繰り返し。

代わり映えのしない、王国唯一の王女としての日常と重圧。

けれどようやく、レオンハルトに再会できるときがやってきた。

それは幼なじみとしての再会などという楽しいものではないけれど……

碧色の瞳を瞬かせてユリアーナが車窓に目を向けると、黄金の稲穂の中にいる農民たちが作業の手を止めて、深い礼を捧げた。彼らは王家を、そしてユリアーナを敬愛してくれている。

やはり、彼らに戦争を強いることなどできない。王家の存続よりも国民の安寧を優先させるべきなのは明らかだ。

皇帝に謁見した暁には、その場で穏やかな統治権の譲渡を提案してみたい。

固い決意を胸に抱いたユリアーナは毅然として前を見据えた。


二日後。ユリアーナはアイヒベルクの宮殿に着いた。宮殿は、こぢんまりとしたシャルロワ王国の王宮とは異なり、荘厳な様相を呈している。

広大な敷地に両翼を広げる主宮殿。豊かな水を湛えた噴水を彩る繊細な彫像。甲冑を纏う勇猛な騎士に出迎えられた彼女は、壮麗な扉をくぐる。煌めくシャンデリアが眩い光を放っていた。

天使が描かれた天井画、果てなく敷かれた緋の絨毯。どこを向いても華麗な装飾に溜息が零れる。

さすが近隣諸国の中で、もっとも広大な領地を有する大国だ。五世代の条約を交わしているのはシャルロワ王国のみだが、隣接する他の国も大国のアイヒベルク帝国には逆らえないらしい。そんな強国が存在を誇示しているおかげで、ここ百年ほどは戦争が起きていなかった。

シャルロワ王国のように、真綿で首を絞められる形で王家を絶たれては困る、という各国の思惑が透けて見える。

「つまり、見せしめということかしらね」

壮麗な廊下を侍従に案内されながら、ユリアーナは自嘲気味に小さく呟いた。

当時の皇帝は、シャルロワ王国の王家が廃れていく姿を予見して五世代の条約を提示したのだろうか。

いずれ消滅してしまう王家の子を懸命に生そうなどと、王位に就いた者が奮起するわけがない。むしろ王位返上の日を思っては悲嘆に暮れるしかないのではなかろうか。それを証明するように、高祖父以降、王家の子の数は減少している。

処刑よりも非難されることなく、敵対する王家を消し去る効果的な方法かもしれない。

それも、もうすぐ終わりだ。

――父や祖父の嘆きを、私が終わらせるわ。

ユリアーナは唇を引きしめて、謁見の間に続く重厚な扉を見つめた。

この扉の向こうに、皇帝となったレオンハルトがいる。

やがて、侍従の手により、扉が開け放たれた。

磨き抜かれた大理石の床、その果てに鎮座する豪華な玉座。

そこに座すアイヒベルク帝国皇帝レオンハルトは、濃紺の軍装に身を包み、凛然とした空気を纏っていた。

華麗な黄金の髪に怜悧な眦、すっと鼻梁の通った鼻は意志の強さを思わせる。唇はやや薄く、顎のラインがシャープだ。酷薄にも見える美貌は雄らしい獰猛さを兼ね備えていた。

その危うさが、見る者に畏怖を抱かせる。

美しい青年に成長しただろうとは思っていたけれど、これほど精悍に変貌するとは予想していなかった。

子どもの頃の彼は線が細い印象だったのに……

今、目の前にいるのは威風堂々とした大国の皇帝。

来訪したユリアーナを、紺碧の双眸で見据えている。

ユリアーナはドレスの裾を抓み、恭しく礼をした。

「シャルロワ王国、王女ユリアーナでございます。お久しぶりです、皇帝陛下」

彼はもう幼なじみのレオンハルト皇子ではない、アイヒベルク帝国皇帝だ。

冷酷な気配を滲ませるレオンハルトを前に、声が震えそうになったが、必死に堪える。

するると、ふ、と口端に笑みを刻んだレオンハルトが、柔らかな声を発した。

「久しぶりだ、ユリアーナ。最後に会ったのはもう何年も前のことだ。ずっとあなたに再会したいと願っていたよ」

厳しい言葉をかけられるかと身構えていたユリアーナは、レオンハルトが幼なじみとして扱ってくれたので、ほっと肩の力を抜く。

だが安心はできなかった。

謁見を願い出た理由は旧交を温めるためではない。統治権の譲渡について話さなくてはならないし、譲渡後、国民の生活を守ってくれるよう頼まなくてはならない。

優しかった彼がシャルロワ国民を虐げるとは思いたくないが、君主として対するのはこれが初めてなので、彼の統治に対する態度は知らない。

ユリアーナの出方次第では、シャルロワ王国を武力で併合すると、レオンハルトが言い出さないとも限らないのだ。

ユリアーナは緊張に身を硬くして、次の言葉を探す。

「――王女に椅子をもて」

レオンハルトがそう指示を出し、慇懃な侍従によって意匠の凝らされた椅子が運び込まれた。

優雅な所作でそれに腰を下ろしたユリアーナは、玉座に堂々と腰かけているレオンハルトに形ばかりの笑みを向ける。

彼は曇りのない視線を、まっすぐにユリアーナに注いでいた。すべてを見透かすような、深い色をした瞳だ。

「美しくなった……。だがあなたの心には、憂慮の種が芽吹いているようだ。それが本来の美貌を曇らせている」

不安材料があることを言い当てられて、ユリアーナは物憂げに視線を伏せる。どうにか笑みを浮かべているつもりだったが、微妙な顔つきになっているのだろう。

けれど、しばらくして意を決して顔を上げ、本題を切り出す。

「実は、陛下に謁見を願い出たのは、我が王国の統治権をすぐにも献上できないか相談するためなのです」

「すぐにもとは、どういうことだ？」

突然のユリアーナの言葉に、レオンハルトだけではなく、傍に控えていたユリアーナの侍従たちも驚いた表情をした。彼らは互いに目線を交わしては、首を振っている。

それも当然のことで、ユリアーナはこの決意を誰にも報せずに己の胸に秘めていた。誰かに漏らせばドメルグ大公の耳に入り、妨害されるおそれがある。それゆえ、謁見で直接レオンハルトに伝えようと考えたのだ。

「陛下は、私たちの高祖父の代に交わされた五世代の条約についてご存じでしょう。私で四世代目。間もなく条約の期限が訪れようとしております」

「条約によれば、五世代目であるユリアーナの子が領地の譲渡を行うことになるが、あなたは未婚だと聞いている。条約の終結はまだ先の話だろう」

「それが……私は結婚できません。ですから、今すぐに統治権を献上したいのです」

レオンハルトは結婚できないというユリアーナの言い分を聞いて、自らの侍従に視線で促した。席を外せという合図だ。慇懃な礼をした複数の侍従たちはすぐさま音もなく退出する。ユリアーナ側の人間も去り、謁見の間にはレオンハルトとユリアーナのふたりきりになった。

レオンハルトは肘掛けに腕を凭せかけ、優雅な姿勢をとる。ユリアーナの無茶な提案に戸惑いもせず、柔和な笑みを浮かべていた。

「私とあなたは幼なじみだ。侍従も下がらせたことだし、堅苦しさは取り払おうじゃないか。昔のように気兼ねなく話してほしい。敬語はいらないよ」

「ありがとう。レオンハルト」

ユリアーナは彼の気遣いに感謝する。

ふたりきりならば、会話の内容が外部に漏れる心配もない。君主同士、腹を割って話せるのだ。

「結婚できないから統治権を献上するというのは、どういうことかな。どうか遠慮せず、私に心の内を話してほしい」

レオンハルトの冷酷に見えた目元は緩められている。

彼なら信頼できる。

ユリアーナは事情を説明した。

「叔父が息子を王配にして、王権を握ろうと企んでいるの。そして帝国に戦争を仕掛けるつもりよ。私はその未来を、なんとしても止めなくてはならないわ」

「ふむ。ドメルグ大公か」

「叔父を知っているの？」

「情報は得ている。王弟であった彼は王位に相当な執着があるようだね。だが条約に、直系の血族のみしか王位を継げないという条項がある。傍系となったドメルグ大公が玉座に就くことはありえない。ユリアーナが君主であることは、条約により保障されているよ」

レオンハルトは周辺諸国の情勢にもきちんと目を配っているらしい。

彼の言うとおり、幸いにも条約のおかげでドメルグ大公に王位を譲るという事態は避けられていた。だが、その代わりに新たな問題が浮上している。

「だからこそ、叔父は私に息子のクリストフとの結婚を迫っているの。生まれてくる子を傀儡にしてシャルロワ王国を統治するつもりなのだわ。そうなれば五世代が終わる頃には、戦争により国が焦土と化すかもしれない」

条約にあぐらをかき、手をこまねいているわけにはいかないのだ。

レオンハルトは形の良い眉を跳ね上げた。

「それで、結婚を迫られて、断ったのかい？」

「もちろんよ。けれど孫に王位を継がせるという手段が使えないのなら、すぐにでもアイヒベルク帝国に条約の破棄を求めて戦争を起こすと、叔父は匂わせているわ。戦争は絶対に回避しなければならない。そのためには、今ここで、王権をなくしてしまう必要があるの」

他に手立ては思いつかない。手ぶらでシャルロワ王国へ戻れば、ドメルグ大公がどんな強硬手段を執るかわからないのだ。

憂慮を抱くユリアーナを、レオンハルトは思慮深い眼差しで見つめた。

「ドメルグ大公が戦争を仕掛けてくるのは時間の問題のようだな」

「そうでしょう？　だからその前に、王家を廃すれば……」

「ユリアーナ。それで問題が解決すると思っているのかい？」

どういうことだろう。

小首を傾げたユリアーナを、彼は神妙な顔つきで諭した。

「突然王位を献上すれば、それこそ大公に戦争の大義名分を与えることになる。シャルロワ王国のユリアーナ王女は皇帝に脅され、無理やり王位をとりあげられた。我らの王権を取り戻せ、とね。彼は意気揚々と帝国へ攻め入るだろう」

「そんな……！」

「シャルロワ王国の王位を手にするために、ドメルグ大公はあらゆる名分を立てるに違いない。均衡が保たれている現在、彼を刺激しないほうがいい。最後である五世代まで王家を維持して条約を遵守しないと、戦争を起こすきっかけを与えてしまう」

「でも、私は結婚することができないのよ。クリストフ以外の男性と結婚しないよう、叔父が貴族に手を回しているわ」

確かにクリストフと結婚すれば、ドメルグ大公はひとまず安心して兵を蜂起しないだろう。だが、それでは問題を先延ばしにするだけだ。何よりも、クリストフと夫婦になどなりたくない。

ユリアーナの心にはいつも、レオンハルトが住んでいた。彼を諦めると自分に言い聞かせながらも、その面影が胸の中から消えたことはない。

クリストフと結婚することはすなわち、己の心が死んでしまうことと同義だ。

唇を噛んで俯いていると、やがてレオンハルトに気遣わしげな声をかけられた。

「なるほど。あなたが結婚できない理由とは、そういうことか」

「ええ……」

結婚できない。そして王位の献上もレオンハルトに反対されている。

彼の言い分はもっともだ。無理に決着を試みれば、大公に王位簒奪のきっかけを与えることに、ユリアーナは気づかされた。

今はやはり、形だけでもクリストフと結婚して、決して子をもうけないこと。それしか解決策はないのかもしれない。

けれど、大公もあらゆる手段を用いてユリアーナを懐妊させようとするだろう。

問題を解決したいと足掻くほど、ユリアーナは窮地に立たされる。

思い悩むユリアーナに、優しげな紺碧の双眸が向けられた。

「実は私も、五世代の条約の行く末について、以前から色々と考えを巡らせていた。国家の安寧を守りつつ条約を無事に終結させ、我々も幸せになれる方法を模索していたんだ。私はそのための計画を練り、いずれ実行しようと機会を窺っていたのだよ」

「……それは、どんな計画なのかしら？」

レオンハルトはすでに、なんらかの計画を練り上げていたらしい。

彼が『我々も幸せになれる』と言った言葉が気になるが、条約をどんなふうに終結することがレオンハルトとユリアーナ双方の幸せに繋がるというのか。彼には解決策があるのだろうか。

目を瞬かせるユリアーナに、レオンハルトは悪戯めいた仕草で片目を瞑った。精悍な皇帝が、瞬時に少年みたいな若々しさを匂い立たせる。

「あなたが、懐妊することだ」

「……えっ？」

何を言われたのか、よくわからない。

結婚できないのに懐妊するとは、いかなる意味なのか。

呆けた顔をするユリアーナに、レオンハルトは優美な笑みを見せる。

「もしかして、結婚しなければ懐妊しないと思っているかい？」

「そ……そんなことはないわ。子どもができる仕組みくらい知っているの。講義で習ったもの」

幼い頃から王位を継ぐ可能性の高い者として箱入りで育てられたユリアーナに、誰かと性的な交渉を持った経験はない。実体験はないので具体的なことはわからないのだが、講義では性器を結合させれば子ができると教わっている。

きっと、雄しべと雌しべをくっつけるようにすれば良いのだ。

自信を持って胸に手を当てるユリアーナを訝しげに見つめていたレオンハルトだったが、やがて懐妊すべき理由を述べた。

「ユリアーナが従兄弟と結婚させられる前に懐妊して子を産めば、その子が次期国王で五世代目だ。ドメルグ大公の出る幕はなくなるね」

驚くべき内容に唖然とする。

確かに、ユリアーナに子がいれば、クリストフと結婚する意味はなくなる。父親の身分がどうであれ、ユリアーナが産んだ子が直系の王族であり、王位を継ぐ資格を有するのだ。

その理屈はわかるのだが……

「そんなこと、急に言われても困るわ……」

ユリアーナは素朴な疑問を抱いた。

一体、誰の子を産めというのだ。

次期国王となる子だ。誰の子でも良いというわけにはいかない。

ドメルグ大公に文句を言わせないほどの高位の貴族となると、そうはいなかった。次期国王となる子の父親の一族は、必ずドメルグ大公と争うことになる。位の低い貴族では、大公に葬り去られ、子の命に危険が及ぶ可能性があった。

誰も巻き込めないからこそ、生涯独身を貫こうと決意しているのだ。そう簡単に子を産むという方向に舵を切れない。

ユリアーナの心境を見透かしたかのように、レオンハルトは優しげな微笑を浮かべて提案した。

「どうか私にすべてを任せてほしい。計画の全容についてここで明らかにしては、あなたの心に重荷を背負わせてしまいかねないので、今は内緒にしておこう。とりあえず、懐妊指導を受けてはどうだろうか。子作りをするにしても正しい方法で行わなくてはならないからね」

レオンハルトの澄み切った双眸は、まっすぐにユリアーナに向けられている。

彼には彼なりの考えがあるようだ。彼なら、信頼できる。

それに、懐妊するための相手を探す前に指導を受けておくことも大切に違いない。アイヒベルク宮殿には熟練の懐妊指導官が在籍しているはずだ。

ユリアーナも自国で王宮付きの教師に教わったことはあるが、教本をなぞるだけの講義だったので実地研修を行ったことはない。

「そうね。正しい方法を知ることは大切だわ。ぜひ、懐妊指導をお願いします」

懐妊指導を受けることが、この事態を打開する第一歩になるかもしれない。

礼儀正しくお辞儀をしたユリアーナを、レオンハルトは深い笑みで見守っていた。

第三章　皇帝陛下の懐妊指導

　アイヒベルク帝国の宮殿で、ユリアーナはシャルロワ王国の王女として歓待を受けた。

　皇帝との謁見のあとは、晩餐会が催される。数々の豪勢な料理と共に、帝国の重鎮との和やかな会話が供された。

「こたびの訪問は随分急なことでしたが、何事か問題でも起こったのですかな、ユリアーナ王女？」

　大臣から疑問を投げかけられ、ユリアーナは思わず手にしたゴブレットを揺らす。

　シャルロワ王国の君主が突然の謁見を願い出るとは、大事でも起こったのかと訝るのは当然だ。

　しかし、まだ五世代の条約について明確な打開策は打ち出されていない。公にできることはないので、あまりそれに触れたくはなかった。

「え、ええ……問題というほどではないのですが……」

「ユリアーナはラセンのことで相談に来たのだ。あの港町は二国間で共有している。統治には君主同士の話し合いが必要だからな」

隣の席で優雅にゴブレットを傾けていたレオンハルトが、助け船を出してくれる。

ラセンはアイヒベルク・シャルロワ両国に跨がる港町だ。古くから交易の中継地として栄えてきたが、ふたつの国に統治されているために様々な問題が勃発してきた歴史があった。

大臣も、なるほどと呟いて頷く。

「あの港は昔から問題の多い土地ですからな。領主のベルコは自治権を訴えている。これまで帝国に守ってもらったにもかかわらず利権ばかり主張して、まったく恩知らずなことだ」

発言した大臣は、つと横目でユリアーナの表情を窺い、気まずそうに咳払いをした。

帝国に守ってもらいながら自治権を訴える領主という言葉が、ユリアーナを示唆しているとも受け取れると気づいたのだろう。

帝国の領地を期限付きで統治している形ばかりの君主。そんな蔑みが、大臣たちの醸し出す雰囲気に少なからず混じっている。

ユリアーナはゴブレットをそっと置くと、優美な微笑を浮かべた。

「ラセンの領主の訴えはシャルロワ王国にも届いております。自治権を認めることは考慮しておりますが、港町は両国に跨がっておりますし、私の一存では決められません。それゆえ皇帝陛下にご相談したかったのです」

実際に相談したことはもっと大事なのだが、レオンハルトの助け船に乗ってみる。

もっともラセンの問題は嘘ではない。ただ、領主は権利を主張しているだけで具体的な統治政策を明示してはこないのだ。古くから港を統括してきた領主が、戦争を仕掛けてでも独立しようなどと考えるわけがなく、おそらく税金を引き上げたいための主張と推測される。

シャルロワ王国の王権問題に比べれば、重要性は低い。

「ええ、ええ、もちろんそうでしょう。私は先代のシャルロワ国王も存じておりますが、大変賢明な王でありました。ユリアーナ王女は父王によく似ておいでだ」

ユリアーナを聡明な君主と判断したのか、それとも大人しく御しやすいと侮っているのか、大臣は汗を掻きながらもて囃す。

そこに涼しげな相貌のレオンハルトが、何気なく告げた。

「ちょうど良い。ユリアーナとラセンを訪問しよう。我々ふたりの君主が現地を視察して、状況を確かめればいい」

皆はぎょっとして皇帝に目を向けかけたが、不敬だと気づき慌てて視線を下げた。ユリアーナと話していた大臣がおそるおそる苦言を呈する。

「しかし陛下、アイヒベルク帝国皇帝とシャルロワ王国王女が同時に訪問するとなりますと、警備の面に万全を期さなければなりません。準備期間は一年ほどを要しますが……」

「何を悠長なことを言っている。それならば正体を隠して訪問すれば良いだろう」

「陛下、何をおっしゃいます！」

声を荒らげた大臣は席を立った。お忍びで訪問するなど、ありえないことだ。

すると、レオンハルトが朗らかな笑い声を響かせた。

「冗談だ。そなたは冗談も理解できないのか？」

「……失礼いたしました」

赤面して腰を下ろした大臣はすっかり身体を小さくする。

ユリアーナは少々皆を驚かせてあげようと、悪戯心を出す。

「あら。私はいつでもよろしくてよ」

困り顔の帝国重鎮は沈黙した。豪勢な食卓に、レオンハルトの楽しげな笑いが華を添える。

以降もレオンハルトは五世代の条約についてはひとことも口にせず、ユリアーナもそれに合わせた。

和やかな歓談が続き、やがて給仕によりドルチェが運ばれる。

ユリアーナがザッハ・トルテにフォークを入れたとき、レオンハルトが視線をこちらに向けてきた。

「ユリアーナ、しばらく宮殿でゆるりと過ごすといい。我が帝国の薔薇園もシャルロワ王宮に負けず劣らず素晴らしいよ。見ていってほしいな」

とろり、と濃厚なチョコレートソースが銀のフォークに絡みつく。ユリアーナの脳裏に、幼い頃の薔薇園での光景がよみがえった。

瞬きをひとつした彼女は、にこやかな笑みで応じる。

「はい、陛下。お気遣い感謝いたします」

「かしこまらなくてもいいんだよ。私とユリアーナは幼なじみなのだから」

「ありがとうございます。ですが、皇帝陛下として敬わせていただくのは礼儀ですわ」

レオンハルトはユリアーナを一国の君主として、そして幼なじみとして同列に扱ってくれる。先程『我々ふたりの君主』と強調して庇ってくれたことからも、彼の気遣いが窺えた。

けれどユリアーナは己の立場を理解している。

シャルロワ王国は事実上、アイヒベルク帝国の属国なのだ。それは高祖父の代から続く関係であり、帝国は敬（うやま）わなければならない。

ユリアーナの硬い言い分に喉奥から笑いを漏らしたレオンハルトは、音もなくゴブレットを純白のテーブルクロスに置いた。すぐさま控えていた給仕がワインボトルを傾（かたむ）けようとするのを、軽く手を掲げて遮（さえぎ）る。

「では、ふたりきりのときには幼なじみとして接してくれないか。これは私からのお願いだ」

「もったいないお言葉ですわ」

これはレオンハルトの社交辞令だろう。

ユリアーナはそう考えた。

ふたりはもう大人なのだ。遊び相手として接していた幼い頃とは違う。

そんなふうに、晩餐会（ばんさんかい）は終わった。ユリアーナは侍女に案内されて宮殿の奥の間へ赴（おもむ）く。

応接室と続き部屋に造られている寝室には天蓋（てんがい）付きの寝台が置かれていた。寝室の隣には浴室も備（そな）えられている。充分な広さの部屋で、不自由はなさそうだ。

陶器の花瓶に生けられた薔薇（ばら）の芳香が漂（ただよ）ってきて心が安らぐ。

「ふう……。ようやくひと息つけそうだわ」

「お疲れでございましょう、ユリアーナさま。お風呂の支度はできております」

シャルロワ王国から連れてきた侍女のロラに、ユリアーナは晩餐会用のドレスを脱がせてもらった。

乳母として赤子のときから身の回りの世話をしてくれているロラは、もっとも信頼できる相手だ。ロラのほうも、母を早くに亡くしたユリアーナを気遣い、自分の娘のように思いやってくれる。

ロラがいれば大概のことは事足りてしまうので、今回の訪問に他の侍女は同行させていない。王女の侍女がひとりだけでは手が回らないのではと、帝国側から数十人の侍女を宛がわれたが、丁重に断りを入れていた。

コルセットを素早く解きながら、ロラが主に報告する。

「わたくしが数十人分の侍女の働きをいたします、と帝国の侍女頭に申し上げました。ですが食べるのは三人前でございますと付け足しましたら、彼女は眉をひそめておいででした」

「……ロラの冗談が高尚すぎたんじゃないかしら」

おほほ、とふくよかな腹を揺らして、ロラは大らかに笑う。

ユリアーナは大勢の侍女に囲まれると気疲れしてしまうので、できるだけ身近に控える者の人数を抑えているのだ。支度だけならロラひとりで充分である。

実際、ロラの仕事は早い。

クローゼットにはすでに持ち込んだ数々のドレスが整然と並べられていた。鏡台にはいつも使用しているのと寸分違わぬ位置に櫛や手鏡、宝飾品の入った天鵞絨張りの宝石箱が置かれ、浴室では猫足のバスタブから湯気が立っている。

ゆっくりと身体をバスタブに浸しながら、ユリアーナはロラに髪を洗われた。温かな湯が強張った身体を解す。

そして浴室を出て、良い香りのする薔薇水で肌を整えてもらった。しっとりとした肌に繊細なレースがあしらわれた夜着を着せられ、次は鏡台に腰を下ろす。

濡れた銀色の髪が、丁寧に布で拭かれた。

銀の櫛で銀髪を梳きつつ、ロラが再び口を開く。

「ご入り用の物があればなんなりとお申しつけくださいと侍女頭に言われたので、ひとまず足りておりますとお断りいたしました。ですが、滞在は長期になるのでしょうか？　わたくしは七日ほどと思っておりました」

その言葉を不思議に思ったユリアーナは、鏡の中のロラに目を向けた。丁寧な所作で銀髪を梳くロラは、首を捻っている。

彼女の言うとおり、七日程度の予定だ。

レオンハルトはゆるりと滞在してほしいといった旨を晩餐会で述べていたが、王権の献上を保留にした今、ユリアーナのこれからの予定は、レオンハルトと今後についての話し合いと懐妊指導を受けることだけ。数日あれば充分かと思う。

ラセンをお忍びで訪問するという話は、会話の流れから生じた冗談だ。

「そうよ。七日程度よ。なぜロラは長期滞在になるかもしれないと思ったの？」

「それが……ユリアーナさまの滞在を帝国側では数ヶ月の予定で組んでいるみたいなのです。舞踏会用のドレスをお作りするそうで、後日宮廷専属の仕立屋を呼ぶと聞きました」

確かに、仕立屋を呼んで採寸し、それからドレスを製作して舞踏会に参列するとなれば七日では足りない。

侍女頭が他国の王女の予定を勝手に立てるとは思えないが、まさか、レオンハルトの指示なのだろうか。

「変ね……。七日という日程は事前に使者から伝えていたはずなのに。どこかで齟齬があったのかしら。私から陛下に伺ってみるわ」

「ユリアーナさまのお手を煩わせて申し訳ございません。わたくしからも侍女頭に詳しいことを聞いてみます」

「いいのよ、気にしないで。侍女頭と仲良くしてちょうだいね」

「かしこまりましてございます」

　深く頭を下げたロラだが、ふと思い出したように顔を上げた。

「そういえばユリアーナさま。懐妊指導をお受けになるとか」

「ええ、そうなのよ。皇帝陛下の助言なの」

「それはようございますね。今晩、懐妊指導官がお越しになるので、侍女は寝室に近づかないようにと命じられておりますが……ユリアーナさまは、わたくしがいなくても大丈夫でございますか？」

　母親みたいな心配顔で案じる彼女に、ユリアーナは笑顔を向ける。

「もちろん平気よ。ロラったら、私がいつまでも子どもだと思っているのね」

　懐妊指導官は王族の子女へ懐妊のための手ほどきを行う宮廷付きの女教師であり、身元のしっかりした人物でなければ着任できない。人払いを行うのも、その講義内容が繊細であるゆえだ。

　今まで帝王学や経済学などの数多の講義を受けてきたが、ユリアーナはいずれの講義でも優秀な成績を収めている。実地の懐妊指導は初めてだが、きっと難しくはないはずだ。

　気楽に考えるユリアーナに、ロラは微苦笑で答えた。

「わたくしにとってユリアーナさまは我が子のように愛(いつく)しむべきお方です。ですが、ひとりの女性として尊重いたしております。もちろん君主としても尊敬しております」

「わかっているわ。ありがとう」

何度も繰り返されたロラの言葉に、いつものように返事をする。

――ロラったら、心配性なんだから。

ロラが梳(す)き終わった髪を放すと、艶(つや)やかな銀髪がさらりと肩口のレースに舞い散った。

お辞儀をして寝室を辞したロラが扉を閉め、部屋が急に静まり返る。

暖炉に置かれた燭台(しょくだい)の炎が音もなく揺れた。天蓋(てんがい)から下ろされた薄い紗布(しゃぎぬ)が、蝋燭(ろうそく)の灯を映して光と影を織り成している。

「懐妊指導官は厳しい方かしら……？」

寝台の側に置かれた天鵞絨(ビロード)の寝椅子に腰を下ろしたユリアーナは、気を引きしめて指導官の訪れを待つ。

やがて、重厚な樫(かし)の扉がノックされた。

「どうぞ、お入りなさい」

懐妊指導官がやってきたらしい。

声をかけて扉へ目を向けると、開いた扉の隙間から手燭(てしょく)の灯が漏れていた。

そこに現れた人物を目にして、ユリアーナは思わず椅子から立ち上がる。

「レオンハルト……⁉」

夜着らしきローブを纏ったレオンハルトが、後ろ手に扉を閉めた。

ひとりだ。

夜に女性の寝室を、男性――しかも供の者も連れていない皇帝が訪れるなんて、ただごとではない。

懐妊指導官が来たものとばかり思っていたユリアーナは、虚を衝かれた。

「どうしたの、レオ……いえ、陛下。何か起こったのですか？」

「ふたりきりのときは、幼なじみとして接してほしいとお願いしただろう。今の私は皇帝ではないよ。敬語も使わなくていい」

薄い笑みを口元に刻んだレオンハルトは、昼のときよりも声をひそめている。そうすると、彼の艶めいた低い声音が、淫靡に響いた。

「あ……そうだったわね。レオンハルトがそれでいいのなら、そうするわ」

「良い子だ。ユリアーナ」

さらりと零れた長い銀髪のひと房を掬い上げ、彼はユリアーナの髪にくちづけを与える。

彼でなければ気分が悪くなりそうなところだが、不思議とユリアーナは嫌悪を覚えなかった。

むしろ、胸がとくりと甘く弾む。

「非常事態が起こったわけではないので、心配しないでくれ。懐妊指導を行うと言っていただろう？」

皇帝が王女の寝室を訪れていること自体、非常事態だが、人払いをしているので侍女や侍従にどういうことなのか訊ねるわけにもいかない。

ユリアーナはレオンハルトから目を逸らして頷いた。

ローブ姿という夜の支度は、昼間の厳格な軍装とは異なり、彼の魅力を増している。

男性の無防備な姿を目にするなんて、夫でもなければありえないことだ。

胸が高鳴ってしまう。

「ええ。支度を終えたので、懐妊指導官を待っていたところよ」

「私がその、懐妊指導官だよ」

「……えっ？」

ユリアーナはぎょっとして目を瞠った。

懐妊指導官とは、宮廷付きの教師に与えられる役職ではないだろうか。

それに王女への指導なのだから、ロラのような乳母を務めた経験豊富な女性が教えてくれるものだと思っていた。

「懐妊指導官は、女性ではないの？」

「通常は女性だね。だがユリアーナには、私が直に指導したい。それとも、私では嫌かい？」

「いいえ、そんなことはないけれど……」

嫌だなんてことはない。

レオンハルトは大切な幼なじみで、彼には子どもの頃から好意を抱いている。

互いの立場上、結婚できる間柄ではないと彼への想いは封印していたのだ。

それなのにこうして夜の寝室にふたりきりになり、懐妊指導をしてもらうなんて、淡い恋心が再燃してしまいかねない。

――どうしよう……

困惑したユリアーナは、無意識に身を引いた。レオンハルトの手にしていた銀髪が、さらりと離れて落ちる。

レオンハルトは側のテーブルに手燭を置くと、戸惑うユリアーナに一歩近づいた。ふたりの距離が再び縮まる。

「あなたを困らせることや、嫌がることはしない。安心して私に身を委ねてほしい」

彼の逞しい腕が、ユリアーナの背に回される。薄い夜着のみを纏った頼りない身体を抱き込まれて、ユリアーナはレオンハルトの腕の中にすっぽりと収まった。

どきんと跳ねた鼓動が、早鐘みたいに鳴り響く。

——男の人の身体は、こんなにも熱いのだわ……

初めて抱きしめられた男性が、レオンハルトで良かったと心から思える。

ユリアーナは胸に湧き上がる、じんとした想いを抱えながら、レオンハルトの身体から匂い立つ爽やかな石鹸の香りを吸い込んだ。

この幸せな時間は、これが最後かもしれない。

どうせ想いが叶うことはないのだ。

いずれレオンハルトは国内の貴族の令嬢を妃に娶るだろう。もし妃がいれば、ユリアーナに懐妊指導を行うなどということはありえなかった。レオンハルトが未婚の今だからこそ、申し出てくれたのだ。

そして、ドメルグ大公が野心を捨てない限り、ユリアーナが結婚できる未来もない。

ならば、レオンハルトとの思い出として、彼から懐妊指導を受けたい。

レオンハルトに、処女を捧げたかった。

その結果として、もし子どもが生まれたとしても、王家の子として大切に育てていこう。

ユリアーナは広い背中に、そっと腕を回した。

「レオンハルトに、懐妊指導をしてほしいわ……」

「ありがとう、ユリアーナ。優しくするよ」

抱きしめられ、ちゅ、と額にくちづけを落とされる。大きな掌にゆっくりと髪を撫でられると、心の隅にあった強張りが解けていくようだ。

「身体の力を抜いて、リラックスするんだ。怖いことは何もないから、恐れないで」

「はい……」

ちゅ、ちゅ、と瞼やこめかみ、鼻の頭にまでくちづけられる。

柔らかな唇の感触に陶然としたユリアーナは、ほうと甘い吐息を零した。

懐妊指導は、くちづけまでするものなのだろうかと疑問が湧くものの、レオンハルトのやり方があるのだろうし、彼に任せようと思い直す。

それに、ちっとも嫌ではない。

それどころか、くちづけがひとつ降るたびに、とくんと胸が弾む。

愛する人とひとつになることを期待する心と身体が、次第に高まっていった。

レオンハルトのくちづけは止まない。

頬から顎に落とされた唇は、ついに、紅い唇に優しく触れた。

「あ……」

けれど、すぐに離れていってしまう。

キスは一瞬の出来事だった。

それをユリアーナは、とても寂しいと思ってしまう。

もっと、キスしてほしい。

ねだるように濡れた瞳でレオンハルトを見上げたことに、ユリアーナ自身は気づかなかった。

「あなたの瞳は、とても綺麗だ。その瞳に自分が映っていることに、私は今、猛烈に感動しているよ」

熱の籠もった双眸で情熱的に告げられ、とくりとくりと鼓動が甘く刻まれていく。

そんな台詞を耳元で囁きかけられたら、愛されていると勘違いをしてしまいそうだ。

レオンハルトは懐妊指導官として、義務的に教えるといった指導法ではなかった。まるで本当の恋人か夫婦であると思えるほど、愛情を込めてくれる。

それが、たまらなく嬉しい。

「レオンハルトの紺碧の瞳にも、私が映っているわ……」

「そうだろうとも。私は、あなたしか見ていないのだから」

「お互いだけを見つめることも、懐妊のためには必要なのかしら？」

疑問を呟くと、レオンハルトは薄い笑みを口元に刻んだ。

「そうだね。作業のように行っても、子は孕めないと私は考えている。やはりそこに愛情がなくてはね。だから今夜を、私たち夫婦の初夜としよう。いいかい？」

彼の言うことも、もっともだ。夫婦の営みは愛を伴わなくてはいけない。やり方のみを知っていても、懐妊には繋がらないのかも、とユリアーナは思った。

「ええ、わかったわ」

頷いた彼女の頤を掬い上げたレオンハルトは、精悍な顔を傾ける。

気がついたときには、ふたりの唇は優しく触れ合っていた。

今度は、長いキスだ。

薄い彼の唇の意外な熱さと弾力を感じて、ユリアーナはうっとりと瞼を閉じる。

そっと唇の合わせを柔らかな舌でなぞられる甘い刺激に、ぴくりと肩が跳ねた。誘われるままに薄く唇を開くと、ぬるりと濡れたものが口腔に挿し入れられる。

「ん……っ」

それは歯列を辿り、頬裏をなぞり上げて、敏感な口蓋を舐る。

口内を蹂躙する熱い舌が動くたびに、ユリアーナは身体の芯に熱が灯る気がした。

「ん、ふ……んぅ……」

濃厚なくちづけにより溢れた蜜が、顎を伝い落ちる。

レオンハルトの熱情に臆したユリアーナは思わず腰を引こうとするが、強靱な腕にきつく抱きしめられていて叶わない。

――こんなに激しいくちづけがあったなんて。

くちづけとは、唇を少々くっつけるだけなのだと思っていた。懐妊のためには、こんなにも濃密なくちづけを交わさなければならないのだ。

獰猛な舌に怯える舌を掬い上げられ、じゅるりと啜られる。

じん、と頭の芯が痺れる感覚に、いつしかユリアーナの身体から力が抜けていった。

「あ……はぁ……」

ようやく唇が解放されたときには、すっかり息が上がっている。

くたりと頽れそうになる身体を抱き留めてくれたレオンハルトが、不埒な濡れた舌で口端から零れたユリアーナの蜜を舐め取った。

「上手だよ。さあ、ベッドへ行こう」

膝を掬い上げられ、力の入らない身体が容易く抱え上げられる。軽々と横抱きにされて、すぐ側の寝台へ運ばれた。

レオンハルトがさらりと紗布を捲る。寝台にそっと下ろされた身体を、純白のシーツが優しく受け止めた。

けれどすぐさま男の強靭な身体が覆い被さってきて、密着する熱に、ユリアーナはびくりと身を竦ませる。

「あ……っ」

これから、何が行われるのだろう。

知識としては持っていても、実際に男性の身体に抱きしめられる感触は未知のものだ。

緊張に強張るユリアーナを宥めるように、レオンハルトが微笑みを向けてきた。優しい仕草で銀髪を撫でる。

「深いキスは、気持ち良かった？」

「ん……よくわからないわ」

「初めてで驚いたよね。女性が男性の精を身体の奥で受け止めるためには、前戯が必要なんだ。お互いに触れ合って、性感を高めることが大切なんだよ」

「そうなのね……でも、どうして私が初めてだと知っているの？」

その疑問に、レオンハルトはゆったりとした笑みを浮かべる。

「あなたのことなら、なんでも知っているよ」

薄い夜着の上から、レオンハルトの大きな掌が触れる。彼は脇腹をなぞり、胸の膨らみをそっと掌に包み込んだ。

布地の上なので直接的な感触ではないが、手の熱さが伝わってくる。

優しく揉み込まれ、胸の頂がぞくりと疼いた。

「ん……ん……」

「声は我慢しないで。可愛い声を聞かせてほしい」

「んっ……でも、恥ずかしいわ」

「感じている声を聞くことで、雄は高まるんだ。ほら、こんなふうに」

そっと手を取られて、レオンハルトの股間に導かれる。彼の股の間には、硬くて太い棒状のものが屹立していた。

「えっ⁉　これは……？」

生まれて初めて触れたものに驚いて、ユリアーナは手を離してしまう。

もしかして、これが雄の徴なのだろうか。まさかこんなに大きいなんて。

「これが男根だよ。興奮するとこうなるんだ」

ローブの上からでも充分にその逞しさが伝わる。この雄々しいものを女性の性器にくっつけて受精させるのだ。

女性の下肢には襞があり、その奥が子宮に繋がっている。身体の奥にあるその子宮で子は育まれるという。

ユリアーナは講義で教わった人体の仕組みについて思い出した。

このあとは襞に雄をくっつければ終わりだと予想したユリアーナの夜着を、レオンハルトが丁寧に開いていく。

夜気に触れた白磁に似た肌が、ぶるりと震えた。

「え……どうして、脱がせるの？」

夫婦の営みは夜着を纏った状態で行われるのではないのだろうか。そのために性器のみを露出できる仕様に作られている夜着もあるくらいだ。

だが、身体を起こしたレオンハルトは纏っていたローブを潔く脱ぐと、自らの逞しい裸身を曝した。

まるで名匠が手がけた彫刻みたいな見事な肉体に、ユリアーナは目を瞠る。

男性の裸体を見るのは、もちろん初めてのことだ。

「私はユリアーナのすべてを見たい。あなたの肌も、胸も花襞も、もっと奥のほうまで……目で、指で、そして私の雄で愛でて快楽に啼かせたい」

情熱的で官能に満ちた言葉を注がれて、頬に熱が集まる。

冷徹にも見える皇帝のレオンハルトが、直截（ちょくさい）な台詞（せりふ）を臆面（おくめん）もなく放つなんて。それほどに欲してくれているのだと、胸が熱くなった。

ふいにレオンハルトが艶（つや）めいた双眸（そうぼう）を眇（すが）める。

「今のあなたは、私の妻だ。初夜の花嫁に私の精をたっぷりと注いで、孕（はら）ませたい」

ユリアーナははっとして、彼の端麗な面差しを見上げた。

この行為は指導ではあるが、夫婦として接しようと初めに取り決めたのだ。身も心も夫に委（ゆだ）ねていなければ、懐妊には至らないらしいのだから……

「抱いて……レオンハルト」

陶然（とうぜん）として、ユリアーナも一夜の夫となったレオンハルトを欲する。

ままごとの夫婦であっても、彼女の心は真にレオンハルトを求めていた。

彼が好きだ。

ずっと、好きだった。幼い頃から今まで、レオンハルトのことを忘れられなかったのだ。

今だけは、彼の花嫁でいられる。

自分の立場のために封印していた想いを、解放できるのだ。

一糸（いっし）纏（まと）わぬ身体を、蝶（ちょう）が羽を開くように男の眼前に曝（さら）す。

――今夜だけは私……レオンハルトの妻なのだわ。

ユリアーナの裸体を丹念に眺めたレオンハルトが、くっと息を詰めた。

「綺麗だ……。我が花嫁の肌は、極上の真珠みたいだね」

ちゅ、ちゅ、と首筋から鎖骨へと、キスの雨を降らせる。くちづけのあとは大きな掌が鎖骨をなぞり、胸へ這い下りた。

直に肌に触れているレオンハルトの掌は、このうえもなく熱い。

男の手が、こんなに熱いものだなんて知らなかった。

熱を帯びた掌は、まろやかな胸を包み込み、優しく揉みしだく。そして指の腹で淡い色をした胸の頂をくるくると円を描いて愛撫した。

その刺激にユリアーナの胸の中心がつんと勃ち上がる。

「ああ、勃ってきたね。感じるかい？」

「ん……ん、あ、ん……」

喘ぎながら、ユリアーナは幾度も頷く。

胸を揉み込まれながら乳首を愛撫されるたび、あえかな吐息があとからあとから零れ落ちてしまう。

しかもレオンハルトは両方の胸に刺激を与えてくるのだから、たまらない。

ずくりとした甘い疼きが胸から全身に広がっていく。

官能の芽吹きに身を捩ると、胸の突起が濡れたものに含まれた。

「え……、あっ、ん……」

レオンハルトの口腔に乳首が含まれている。彼は胸に顔を伏せ、美味しそうに乳首を舐めしゃぶっているのだ。

まるで飴を転がすみたいに舌先で弄り、音を立てて啜られる。ちゅく、と淫靡な水音が室内に響き、ユリアーナの頬は羞恥に染まった。

「あ、あ……そんな、こと……」

「ごらん。濡れた乳首が珊瑚みたいに輝いているよ」

その言葉に従って顔を上げて胸元を見やると、淫猥な舌から解放された乳首は淫らに濡れ光っていた。

ぷくりと勃ち上がり、愛撫による快楽を主張している。

「こちらの乳首も可愛がってあげよう」

もう片方の乳首に顔を埋めたレオンハルトは、同じように舌先で愛撫を施し、きつく啜り上げる。その間にも濡れたほうの乳首に指先を伸ばし、硬く尖った乳首を執拗に捏ね回した。

「あぁ……ん、あ……はぁ……」

じわりと身体の奥底から、何かが滲み出てくる。

それはレオンハルトの舌と指先が蠢くたびに強くなっていった。

――これが、快感なのかしら……

熾火が燻るのにも似た熱は、嵐の前兆を伴っている。

初めて知る快楽にユリアーナは身を悶えさせた。

やがて銀糸を滴らせて乳首を離したレオンハルトの唇が、そのまま鳩尾を辿っていく。

温かな感触は、まるで彼の色に全身を染め上げていこうとしているみたいだ。下腹へ這い下り、今度は臍の窪みに舌先を捩り込ませる。

それが銀色の淡い茂みを掠めたとき、男の手が腿にかかり、ゆっくりとユリアーナの足を開かせた。

「あ……」

恥ずかしい部分を、レオンハルトが瞬きもせずに凝視している。足の狭間は、彼女自身も見たことがない場所だ。

「見ないで……恥ずかしい……」

「とても綺麗だよ。ずっと、あなたの花襞を見たいと願っていた」

「ずっと……？」

「そう。子どもの頃から」

そう言ってレオンハルトが顔を沈めると、足の間に濡れた感触を覚える。身体が覚えた彼の熱い舌先が、ぴたりと閉じていた花襞を優しくなぞり上げていくのがわかった。

硬い蕾が開くように、襞がその花弁を開く。

「ああ……もう濡れているね。まるで朝露が零れたみたいだ」

とろりと花弁の奥の蜜壺から愛液が滴り落ち、レオンハルトが躊躇いもなくそれを啜り上げた。

じゅるっと淫猥な水音が響き、ユリアーナは驚いて腰を跳ね上げる。

「えっ⁉　何をしたの？」

まさか、と驚愕する。

皇帝であるレオンハルトが誰かの足の狭間に顔を埋めるばかりか、下肢から溢れたものを口に含むなんて。

戸惑うユリアーナを、彼は優しく腰を撫でて宥めた。

「心配ないよ。愛液を啜っただけだ。ユリアーナの蜜はとても甘美で美味しい」

「愛液……？　けれど、身体から出てくるものを啜るなんて、汚くはないの？」

碧色の濡れた瞳を瞬かせるユリアーナの疑問に、蕩ける声が返される。

「愛の営みに汚いことなどありはしない。身体の性感が高まると、女性は足の間から愛液を滴らせるんだ。その蜜で滑りが良くなり、雄を呑み込みやすくするんだよ」

「雄を、呑み込む……の？」

「そうだよ。処女の壺口は硬いから、もっと溶かしてあげよう。そうすれば私の雄も中に入っていける」

どうやら夫婦の営みとは、性器をくっつけるだけではないらしい。

中に入るということはまさか、膣にレオンハルトの男性器を挿入するのだろうか。

先程触れた彼の雄はとても硬くて太かった。あんなに大きなものをお腹に入れるなんて、信じられない。

視線を彷徨わせるユリアーナの足の間に、レオンハルトが再び頭を沈ませた。彼の金色の髪が微かに腿に触れて、くすぐったい。

「あぁ……レオンハルト……皇帝のあなたにそんなことをさせるなんて……」

「今宵の私は皇帝ではない。あなたの夫だ。冷静に立場を気にしているなんて、いけない妻だな」

そう彼が言った瞬間、愛液が滴り落ちたのとは別のところに、鋭い刺激が起こる。ユリアーナは背を弓なりに撓らせた。

「きゃ……、あっ、あ、な、なに……っ」

尖らせた舌先が、襞に包まれた小さな芽を掬い出す。ねっとりと舐られ、ユリアーナの腰が淫らに揺れた。

「ここにある芽を愛でられると、感じるだろう？　ユリアーナの芽はとても小さいね。優しく舐めてあげよう」

レオンハルトは唇をつけて芽を覆い、ちゅうと優しく吸う。

ぞくぞくとした快楽が背筋を駆け抜けて、ユリアーナの爪先が震えた。

「あっ……あぁん……だめ、レオンハルト……そんな、だめ……」

こんなにも淫らな行為は、いけないのに。

そう思うほどユリアーナの身体は、さらなる快感を求めるかのように足を開いていく。

雄を誘うその仕草に、レオンハルトは息を荒らげて、いっそう淫らに舐めしゃぶった。

「あなたの芽はとても可愛らしい。ほら、ここもぬるぬるになっている」

指先で花襞の割れ目をなぞられる。そこはもう沼みたいにぬるついていた。

「えっ？　そんな……」

「濡れるのは感じている証だ。とても良いことなんだよ」

レオンハルトは溢れた蜜ごと襞を丁寧に舐めて、さらに濡らしていく。

そこも肉芽も激しく舐めしゃぶられて、ユリアーナは浅い息の間に甘い声を漏らした。

「あぁ……んっ、あっ……はぁ……」

たっぷりと愛液と唾液で濡らされた花襞は柔らかく蕩けている。

身体が熱くてたまらない。まるで燃えているみたいだ。

「そろそろ、いいかな」

身体を起こしたレオンハルトが己の中心に手を添えて、花襞の割れ目に宛がった。雄芯の先端から感じる熱さに、ユリアーナは肩をびくりと跳ねさせる。

「あっ……あつい……」

「初めて雄が入るときは痛みを伴う。痛かったら我慢せずに言ってくれ」

「本当に、お腹に、入れるの……？」

「そうだよ。あなたの身体の奥まで入りたい。愛し合う夫婦は、こうしてひとつになるんだ」

「わかったわ……」

頷いたユリアーナの銀髪を優しく撫でて、レオンハルトがぐっと腰を押し進めた。途端に、下腹にじわりとした痛みが広がる。

「んっ……ん、んぅ……」

破瓜の痛みが、ユリアーナの全身を戦慄かせた。

けれど我慢できないほどではない。痛みより、圧迫感のほうが強かった。

息を詰めるユリアーナに、額に汗を滲ませたレオンハルトが声をかける。

「息を詰めないで。楽に呼吸をして、身体から力を抜くんだ」

言われたとおり、ユリアーナは大きく息を吐いてゆっくりと呼吸した。

すると彼の逞しい先端が、ぐちゅりと蜜壷に呑み込まれていく。

ずくり、ずくりと太い楔が押し入ってきた。

「あ、あ……入って……くるわ。レオンハルトのあんなに大きな雄が、私のお腹の中に……」

初めて割り開かれた隘路は軋むものの、滴るほどの愛液が挿入を手助けする。まだ硬い媚肉が雄々しい肉棒を受け入れた。

ふいにずんとした重い衝撃があり、ユリアーナは雄がすべて埋め込まれたのだと気づく。

身体を倒したレオンハルトが初めての挿入に震える身体を抱きしめて、ほうと息を吐いた。

「あなたの中はとても気持ちいい。極上だ……。痛みはないかい？」

「少し、痛いけれど、でも大丈夫よ」

レオンハルトの声は掠れ、呼吸は乱れている。きっと挿入するほうも辛いのだ。

ユリアーナは強靱な肩にそっと手を添わせて、抱きしめ返した。

そうするといっそうきつく抱かれて、互いの身体がぴたりと重なる。

「こうしてなじませれば、動いたときの痛みも和らぐはずだ」

「え……動かすの？」

「そう。こんなふうにね」

レオンハルトが腰を引くと、ずるりと楔が抜け出ていく。だがすべては抜かれずに先端は収められたまま、再び最奥を目指して花壺に挿入された。

「あ……あ……ん……」

そうして幾度も出し挿れを繰り返されると、擦り上げられた蜜壺が快感に戦慄く。甘い痺れが腰の奥から湧き上がり、淡い吐息ばかりが零れ落ちていった。

「身体が蕩けてきたね。呑み込むのがとても上手だ」

ユリアーナの白い肌は快楽の桜色に染め上げられている。彼女は無意識に、淫らに腰をくねらせていた。

花襞が美味しそうに雄芯をしゃぶり、抽挿のたびに愛液を溢れさせる。

「あっ……あ……レオンハルト……」

「絡みついてくる、淫(みだ)らな花壺だ。さあ、奥でしゃぶってごらん」

最奥に押し込まれた熱杭の先端が子宮口に接吻(せっぷん)した。さらに小刻みに揺すられて、初めて感じる悦楽にユリアーナは喉を仰(の)け反(ぞ)らせる。

「あぁあ……んっ、あっ、あぁ……ん」

「気持ちいい？」

「あ、あ、わからな……あぁんぅ」

奥を優しく突かれると、たまらない法悦(ほうえつ)が湧き上がる。知らず腰が浮き上がり、さらに雄を呑み込もうと揺らめいた。

「上手だね。もっと突いてあげよう」

ずんずんと奥を穿(うが)たれて、感じるところを抉(えぐ)られる。擦(こす)り上(あ)げられた花筒は、肉棒を逃すまいとするかのように、きゅうとすぼまった。

淫猥(いんわい)に身体を揺さぶられ、ユリアーナは嬌声(きょうせい)を上げる。

「ひあぁ……っ、あぁ、だめぇ、あぁあん……あぁ、あっ……」

「奥で、出すよ……っく」

呻(うめ)いたレオンハルトが胴震いをする。子種を宿した熱い飛沫(ひまつ)が、奥の口へ注がれていった。

逞（たくま）しい腕に抱き込まれ、ユリアーナは男の熱い精を受け止める。

「あ……あぁ……」

精を出し切るように小刻みに腰を揺らされ、最後の一滴まで呑み込まされる。

荒い呼吸は次第に落ち着いたものの、身体は気怠（けだる）い甘さを残していた。

「あぁ……レオンハルト、あなたの精を呑んでしまったら……」

「いいんだよ。すべて、私に任せてくれ。決して悪いようにはしない。あなたは何も心配せず、私の腕の中にいれば良いんだ」

優しく髪を撫（な）でられ、頬にくちづけを落とされる。強靭（きょうじん）な背に腕を回すと、しっとりと汗ばんだ肌と逞（たくま）しい筋肉の感触が伝わってきた。

愛しい男性とひとつになれた充足感に包まれながら、ユリアーナはほうと甘い呼気を吐く。

彼女に覆（おお）い被（かぶ）さっていたレオンハルトは体勢を変えて、横向きになった。ふたりの下肢は繋がった状態で、まだ離れていない。

「今夜はこうして、ひとつになったまま眠ろうか。朝までずっと、あなたと繋がっていたい」

「ええ……私もよ……」

熱い雄芯を媚肉で抱きしめ、ユリアーナは瞼を閉じた。髪に温かな呼気を感じたかと思うと、つむじにくちづけされている。それから、額にもひとつ。

そうして極上の眠りに誘われ、眠りの淵に沈んでいった。


ふいに意識が浮上して、ユリアーナは重い瞼をこじ開けた。

いつもならロラがやってきてドレスに着替え、一日が始まるはずだが、今日は違う。

ユリアーナの身体は熱い腕に包まれている。顔を上げると、目の前にはレオンハルトの端整な寝顔があった。

途端に昨夜のことを思い出し、頬が朱を刷いたように染まる。

「おはよう、ユリアーナ」

薄らと金の睫毛を開いたレオンハルトは、柔らかな微笑みを浮かべた。

「お、おはようございます。陛下」

狼狽えるユリアーナを面白がるように笑いを零す。

「ひどいな。昨日の夜は情熱的に身体を重ねたのに、朝になれば陛下か。私はあなたの夫だと言っただろう?」

「あ……あれは、懐妊指導の間だけのことでしょう？」

すると、口端を引き上げたレオンハルトが皇帝とはとても思えない悪い男の顔になった。

「懐妊指導は一晩だけのことではないよ。今も続いている」

ユリアーナの額（ひたい）に、ちゅとくちづけを落とし、寝乱れた銀色の髪を手櫛（てぐし）で梳（す）く。

「え……」

ユリアーナは目を瞬（またた）かせた。

彼女はこの指導を講義のように一時の区切りをつけて行うものと思い込んでいたのだが、そうではないらしい。

ということは懐妊指導が終わるまで、レオンハルトとかりそめの夫婦関係を続けられるのだろうか。

そう考えていると、レオンハルトがふいに身じろぎをし、ユリアーナの下腹も連動するように疼（うず）いた。

「んん……っ」

「そろそろ抜こうか。一晩中繋がっていたからね」

どうやら繋がった状態で朝を迎えてしまったようだ。

くちゅりと水音を立てて雄芯が引き抜かれていく。なぜか喪失感を覚えてしまったユリアーナは、空っぽになった気がする胸に手を当てる。

レオンハルトの身体が離れると、白いものに混じり、どろりとした鮮血が蜜壺から滴り落ちた。

「あっ……」

破瓜の血が純白のシーツに染みていく。

震えるユリアーナの身体を、レオンハルトが素早く抱き上げた。互いに全裸のまま寝台を出て、隣の浴室に運び込まれる。

「血が出てしまったね。洗ってあげよう」

「……ええ?」

皇帝が誰かの身体を洗うなどという稀有なことを聞かされて、ユリアーナは目を見開く。

朝から驚かされてばかりの彼女に反して、レオンハルトは清涼な笑みを浮かべた。

「妻の身体を清めるのも夫の役目だよ。私はあなたの身体の隅々まで見たのだから、今さら恥ずかしがることはない」

昨夜の閨事を示唆されて、またユリアーナの頬が染まる。

幸いなのか、浴室のバスタブにはすでに湯が張ってあり、温かい湯気を立ち上らせていた。

彼女は洗い場の椅子に座らされ、足元に跪いたレオンハルトに湯で身体を清められる。

皇帝を跪かせるという状況に息を呑んでいるのに、彼には全く気にする素振りがない。

素肌を撫で上げ湯をかけながら、熱い掌を這わせていく。

腕や肩、腰から太腿にかけて、さらには内股の際どいところにまで。

そんなふうに洗われたら、淫靡な気分になってしまう――

「足を、もう少し開いて」

羞恥に耐えながら、ユリアーナは直視しないよう顔を背けて、そっと足を開いた。

太腿の間に男の掌が滑り込み、長い指が秘所を這う。

蜜壺の入り口を指先で優しく撫でられ、ぬるま湯で流された。

つい今まで雄が押し入っていたそこはわずかな刺激にも過敏に反応して、ぶるりと腰を震わせる。

「ん……」

「……感じた？　ひくついてるね」

声をひそめたレオンハルトの双眸は、官能の色を帯びていた。

ユリアーナは必死に首を横に振る。

朝から、はしたない女だと思われたくない。

「そんなこと……きゃ……っ」

けれど否定の言葉は、紡がれる前に封じられた。

きゅ、と勃ち上がりかけていた乳首を摘まれたからだ。

「きつく勃ち上がっているね。いやらしい乳首だ」

「あぁ……ん……だめ、朝なのに……」

「朝に交合したほうが懐妊しやすいという情報もある。それが嘘か実かは知らないが、愛し合うのに時間は選んでいられないよ」

ちゅう、と紅く色づいた突起に吸いついたレオンハルトは、乳首を啜りつつ淫唇を指先で器用にまさぐる。

肉芽を押し潰すように捏ね回され、快楽を知ったユリアーナの身体は瞬く間に火を点らせた。

「ひぁっ、あっ、んぅ……だめぇ……あぁっ」

快感を覚えると、花壺からとろりとした蜜が滴り落ちてくる。それが男の手を濡らして、雄を欲していることを証明した。

だめと言いながらも、ユリアーナはもっとねだるみたいに背を反らせる。胸を突き出す格好になってしまった。

それに気を良くしたのか、レオンハルトは空いたもう片方の掌でまろやかな乳房を揉みしだき、咥えた乳首を淫猥な水音を立てて舐めしゃぶる。

しばらくの間、浴室には卑猥な水音と、王女の淫らな嬌声が響き渡った。

やがてぐったりとしたユリアーナの身体を抱えたレオンハルトが、共にバスタブに身を浸す。

「少し愛撫がすぎたかな。けれど、可愛い声を聞かせられたら、我慢できない。さあ、ここに腰を下ろして」

背後から膝裏を抱えられて、ユリアーナは足を開かされる。

――ああ、また繋がるのだわ……

男の熱い身体を背に感じた彼女は、ぼんやりとそう思った。思考は霞むのに、腰の奥が期待を抱くかのように甘く疼いているのははっきりと感じる。

逞しく屹立した雄芯に腰を下ろし、ユリアーナは羽根を広げる蝶みたいに身体を開いていった。

濡れた花襞に熱い先端がぐじゅ、と押し込まれる。

「あっ……あっ……あぁんん」

自重によって沈んだ身体は、太い楔を深いところまで呑み込んだ。

ズチュ、ズズッ……ズチュン……

愛撫でしっとりと濡らされた蜜壺は乾く暇もなく、ずっぷりと硬い肉棒を咥える。

男の下生えが尻につき、すべてが花筒に挿入されたことをユリアーナは知った。

「あぁ……熱い……おっきいのが、ぜんぶ、入っているわ……」

たまらない充溢感に、雫の滴る顎を反らせる。

まるで灼熱の鉄の棒で貫かれたかのようだ。

それなのに痛みはなく、甘い痺れがじわりと下腹を中心に広がっていく。

すべてを収めたレオンハルトは、快楽に震える身体をぎゅっと抱きしめた。

「最高だ。ユリアーナは覚えがいいね。昨日よりも、さらにすっぽりと私の雄を包み込んでいるよ」

濡れた媚肉は二度目にもかかわらず、抱きしめているとも思えるほど雄芯を咥えていた。昨日まで処女だった蜜壺はすでに、レオンハルトの雄の形を覚え始めているのだ。

密着した身体に回されていた腕が、ふいに喘ぐユリアーナの胸の突起を摘まみ上げる。

「あっ、あっ」

きゅんとした刺激がユリアーナの全身に広がった。

さらに、乳首をゆるゆると揉み込まれ、指の腹で押し潰される。知らず、腰が揺れた。

胸から伝播する快楽が蜜壺を蠕動させる。

押し込まれた雄芯をきゅうと引き絞る形で襞が蠢く。

その刺激にレオンハルトは、ぐっと息を詰めた。

「……っく、素晴らしい。今朝の懐妊指導は、このまま達することを覚えてみようか」

「達する……？」

「そうだよ。快楽が頂点に達すると、身体はオーガズムを感じるんだ。昨夜は昇り詰めていく感じがしなかったかい？」

「あ……あ……わからないわ。夢中で……」

「そうだろうね。今度は意識して快楽の階段を上っていくイメージをしてみようか」

ユリアーナのうなじにくちづけつつ、レオンハルトが激しく腰を突き上げた。その動きに合わせてユリアーナの身体は揺れて、さらなる快楽を注ぎ込まれる。

ずくずくと奥の子宮口を鋭い切っ先で穿たれるのだ。そうされると、たまらない悦楽が身体中を駆け巡り、脳髄まで甘く痺れた。

「あっあっ、あん、あぅん……レオンハルト……身体が……」

ぱしゃりぱしゃりと跳ね上がる湯の音と、淫らな喘ぎ声が浴室を支配する。

グチュグチュと力強い抽挿がなされ、意識が飛びそうなくらいの快楽に、ユリアーナは翻弄された。

「そのまま、いくんだ」

ずん、と一際強く最奥を穿たれて、瞼の裏が白く染め上げられる。

絶頂を全身で味わいながら、ユリアーナは嬌声を迸らせた。

「あぁあん……あっ、あっ、はぁあ……あぅん……っ」

極限まで膨れ上がった雄芯が弾け、子宮口にぴたりとくちづけた先端から濃厚な精を噴き出す。濡れた蜜壺が戦慄いて、精を絞ろうと楔に吸いついた。

「大丈夫。まだ、出るよ……欲しがりな、淫らな身体だね」

「んあぁ……だめぇ……そんなにいっぱい……」

「もうたくさん子種は注いでいるよ。昨夜からね……。こうして繋がったままじっとしていれば、一滴も漏らさなくて済む」

背中からきつく抱きしめられているユリアーナは、長い尾を引く快楽に身を震わせる。だめと言いつつ、腰を揺らめかせる身体は、明らかに雄を欲していた。

「あぁ……あ……」

──私は、女になってしまったのだわ……

昨日までの何も知らなかった自分とは違う。男に抱かれて貫かれる悦びを覚えた、雌になった。

そこに哀しみはなく、むしろ誇らしさが胸に湧く。

レオンハルトの子種を注がれたことで、彼に対する愛おしさがいっそう溢れてくる。

そんなユリアーナの極まった身体をあやすように撫で上げながら、レオンハルトが耳元に囁いた。

「達したね。とても上手だ。今度は達する前に、『いく』と言うんだよ」

「は……い。あぁ……ん……」

「では練習してみようか」

全く力を失っていない楔は、再び花筒を淫らに舐っていく。

達したばかりの火照った身体は、瞬く間に高みへ押し上げられた。

「あぁ、あ、い……いく……」

「そう。いい子だ。達して良いんだよ」

浴室に淫らな嬌声と水音が延々と充満する。

レオンハルトが雄の精悍な相貌を見せ、逞しく腰を突き上げた。

「あなたが無事に懐妊するまで、私の精を注ぎ続けるよ。朝も昼も、もちろん夜もね」

そうしてまた、たっぷりと花筒の奥に濃厚な精を呑み込ませる。

その後、幾度も達したユリアーナは意識を失うまで、彼に抱かれ続けた。

第四章　月光の下の薔薇園

ユリアーナがシャルロワ王国を空けるのは当初は七日の予定だった。だが、当初の予定どおりに帰郷するわけにもいかないらしい。

懐妊指導を行うレオンハルトは、連日昼夜を問わず王女の部屋に出入りしては、まるで妻にそうするように彼女を気遣い、そして当然のごとく身体を重ねていく。

彼はこの国の皇帝なので、誰も口を挟む者はいない。唯一ロラだけは戸惑いを見せたが、侍女である彼女が皇帝に異を唱えようものなら牢に入れられかねなかった。

ユリアーナは心配するロラを必死で説得する。

「レオンハルトは私に子を与えてくれるつもりなのよ。そうなれば五世代の条約を守れ、戦争も回避できるわ」

五世代の条約を守るためなのだ。

ロラにそう話しながら、ユリアーナは自らにも言い聞かせた。

レオンハルトには考えがあるらしく、以前から練っていた計画を実行すると語っていたのだ。詳細についてはまだ秘密ということだが、ユリアーナの不利になることをするはずがないと、信用している。

だが、ロラは苦い顔を見せた。

「ですがユリアーナさま、それでは愛人みたいではございませんか。結婚もしていただけないのに子だけを授けるだなんて、皇帝陛下はあんまりです」

彼女の言うことはもっともである。

特に彼女は娘を案じるようにユリアーナの身を心配しているので、なおさらレオンハルトのやり方に賛同できないのだろう。

もしユリアーナがただの貴族の娘だったなら、堂々とレオンハルトと結婚できたかもしれない。しかしシャルロワ王国の王位にあるユリアーナが皇帝の妃になれば、王国を守り統治する者がいなくなってしまう。

妃と君主――ふたつの立場を両立できるほど、一国の統治は甘くない。

最優先すべきは、戦争を回避して五世代の条約を無事に終結させることである。

国の大事の前には、一王女の結婚など些細だ。

レオンハルトもそれを承知しているからこそ、懐妊指導という名目で子を授けようとしてくれているのだと考えられる。

結婚できないことに、ユリアーナは納得していた。

納得しなければならなかった。

初めから、レオンハルトと結婚できないことはわかりきっている。男女の関係を結んだので結婚してほしいだなんて、強欲な願いを抱いてはいけない。その望みを持てば、彼に迷惑をかけてしまう。

「レオンハルトと結婚できるわけがないわ。シャルロワ王国の玉座に座れるのは私しかいないのよ。でも、もし子を孕めば、少なくともクリストフと結婚しなくて済むわよね」

ユリアーナは平気なふりをして、青い薔薇の描かれた紅茶のカップを優雅に傾けた。

そう。もし孕めば……という話なのである。

いくら若い男女とはいえ、行為をしたからといって必ず懐妊するわけではないことを、ユリアーナも知っている。レオンハルトの懐妊指導は、やはり指導で終わるかもしれないのだ。

それでも、指導と称するには情熱的すぎるほど、毎晩彼が求めてくれるのが嬉しいのも本音だ。愛されているのかと思い違いをしそうになることだけは心配だけれど……

ロラが紅茶のお代わりを銀のポットで注ぎ足しつつ、眉をひそめる。

「クリストフさまですか……。結婚を考えるのでしたら彼と……でもあの方じゃねえ……」

ロラに選択権があるわけではないのに、彼女は真剣に悩んでいる。

頭の中で、レオンハルトの愛人とクリストフの妻、どちらがユリアーナが幸せになれるか天秤にかけているのだろう。

紅茶の薫りを愉しみつつ、ユリアーナが悩むロラを微苦笑を浮かべて眺めていると、扉がノックされた。

「どうぞ、お入りなさい」

入室の許可に従い入ってきたのは、宮廷付きの仕立屋とお針子だ。

洒落たジュストコールを纏った仕立屋の男性は慇懃に礼をする。

「お目にかかれまして光栄でございます、王女さま。わたくしは仕立屋のジョバンニと申します。陛下の命により、王女さまのドレスをお仕立てに参りました」

そういえば、仕立屋に舞踏会用のドレスを作らせるのだと聞いていた。

レオンハルトの命令らしいが、彼が初めからユリアーナを引き留めて懐妊指導を施そうと考えていたことが窺える。

すべては五世代の条約のためではあるものの、レオンハルトの掌の上で転がされているようで、本当にこれで良いのかという不安が胸の裡に生まれた。

「舞踏会用の衣装ね。ドレスはたくさん持ってきているので、必要ないわ」

反発したくなり、ユリアーナはさらりと断る。

新たに舞踏会用のドレスを作るとなれば、舞踏会への出席が前提だ。華やかな社交場は得意ではないし、レオンハルトの愛人として貴族たちの前に顔を出すのも後ろめたい。

しかしユリアーナの言葉に、ジョバンニが大仰に仰け反る。

「なんと！　王女さまはわたくしを縛り首にするおつもりでございますか……。このジョバンニ、貴婦人のドレスをあと千着は作製しないうちに死ぬわけには参りません」

「……私のドレスを作らなければ縛り首になるというの？」

ユリアーナは眉をひそめた。

レオンハルトは温厚な君主として有名で、それは本人と接していても察せられる。彼が些細なことを理由に部下を処罰する人物だとは到底思えない。

「陛下が命じるのではございませんよ。わたくしの職人魂が許さないのであります」

どうやらジョバンニは職人のプライドをかけて、ユリアーナのドレスを作りたいようだ。職人としての命を懸けていると言われれば、無下に断れない。

「そういうこと……。わかったわ、ジョバンニ。ぜひ私のドレスを作ってちょうだい」

そう答えると、すぐに満面の笑みを見せたジョバンニはお針子を伴い、ユリアーナの前に跪いた。

「ありがたき幸せにございます。それでは、まずは採寸をいたしましょう」

先程の悲愴感はどこにもない。さすがは注文のうるさい貴婦人のドレスを数多製作してきた仕立屋である。

ユリアーナは椅子から立ち上がって提供された踏み台の上に立ち、両手を水平に広げた。心得たお針子が肩や腕の長さを細部に至るまでメジャーで測っていく。

採寸が終わると、ユリアーナは再び椅子に腰を下ろしてロラが淹れてくれた紅茶で喉を潤す。

ジョバンニは手にしていた分厚い本を、恭しくユリアーナの前に差し出した。

「こちらは生地見本とデザインの見本画でございます。こちらからお好みのものをお選びくださいませ」

「あら。マネキンが見せるスタイルではないのね」

通常ドレスを作るときは、マネキンと呼ばれる女性が身につけたドレスを幾つか披露されて、その中から気に入ったものを選ぶという方式が取られている。ユリアーナは公務が忙しい合間にそれを行うので、じっくり選ぶ暇もなく、どれでも良いという結論になりがちだった。

「そういった見せ方もまだまだ行われておりますが、マネキンと貴婦人は顔立ちも体型も異なりますゆえ、いざ着用してみたら思い描いていたイメージと違っていたという結果になることが多いのでございます。その点、生地とデザイン画から選べば、ご自分の好みを反映しやすいですし、リボンの形やレースの種類など細部に至るまでご注文に添うことが可能です。その過程でご自分が着てみたときのイメージが浮かびます。それゆえ、わたくしはこの手法をとらせていただいております」

「とてもこだわっているのね。素晴らしいわ」

「ありがとうございます。さあ、どうぞ見本帳をお開きになってみてください。こちらがリボンの見本帳で、こちらが……」

見本帳はたくさんあるらしい。何冊もの分厚い本がテーブルに積み上げられる。

ジョバンニの職人としての熱意は賞賛すべきものであるが、ユリアーナは公務を優先させてきたせいか、着飾ることに興味を持てない。試しに羊皮紙のページを捲ってみたものの、どれを選べば良いのかもわからなかった。

そのとき扉の向こうから、「陛下のお越しにございます」という侍従の言葉がかけられる。

ロラとジョバンニ、それにお針子は即座に腰を折り、頭を低くした。ユリアーナも椅子から立ち上がり、ドレスの裾を抓んで礼をとる。

入室してきたレオンハルトは濃紺のジュストコールを優美に翻した。

「どうだ、ユリアーナ。舞踏会用のドレスは決まったか？」

「レオンハルト。あなたがジョバンニに命じたのね。おかげで舞踏会に出席するまで、私は帰れなくなってしまったわ」

咎めるつもりなのに、自然と声が躍ってしまう。

天鵞絨張りのソファに腰かけたレオンハルトは、当然のごとくユリアーナの腰に腕を回して引き寄せる。ふたりの身体は隙間なく密着した。

「舞踏会が終わっても帰れないぞ。こんなに愛らしいユリアーナは、ずっと宮殿に閉じ込めておこうかな」

「またそんなことを言って。冗談が好きなのね」

軽口を言い合うさまはまるで本物の恋人同士で、周りの者たちはふたりを微笑ましく見守っていた。ひとりロラだけは、唇を噛みしめて目を逸らしている。

「ジョバンニは私の服も仕立てている名匠だが、情熱を語り始めると長い。ユリアーナが辟易しているのではないかと思ってね。様子を見に来たのだが、案の定すごい量の見本帳だな」

「おそれながら陛下。貴婦人のドレスは数多くのリボン、フリル、レース、それらの融合が織り成す芸術作品でございます。ひとつひとつの素材の重要性が……」

「ああ、もういい。わかった。ユリアーナはどれがいい？」

長くなりそうなジョバンニの口上を遮り、レオンハルトは見本帳を捲る。

見本帳にはドレスのデザイン画の端に、天鵞絨、羅紗など生地の見本が貼りつけてあった。デザインごとに貼りつけてある生地の種類は異なり、色も複数のものが提示されている。リボンなどの装飾と組み合わせれば、無限にドレスがデザインできそうだ。

「たくさんありすぎて選べないのよ」

「そうだな……。これがいい。ユリアーナのイメージによく合っている」

レオンハルトが選んだのは、腰から幾重にもフリルが施されたドレスだった。未婚の貴族の娘が好んで着そうな、華やかなデザインだ。

ユリアーナは一国の統治者という立場を考慮して、王位に就いて以来、地味で重厚なドレスしか着たことがない。今着ているドレスも紺色の飾り気のないものだ。

「色は勿忘草にしよう。透けるような銀髪が引き立つぞ」

「そうかしら……。こういったドレスは着たことがないの」

「では初めての試みだな。私の選んだドレスをユリアーナが着てくれるなんて、素晴らしい。今から楽しみだ」

　本当に似合うだろうか。

　君主らしくないのではあるまいか。

　不安になるものの、レオンハルトが自ら選んでくれたドレスなのだから挑戦してみようと、ユリアーナは頷く。

　そのあともリボンやレースなど、レオンハルトは一緒に見本帳を眺めて選んでくれた。彼は強引に自分の意見を押し通すことはせず、ユリアーナの好みも聞きつつ、ジョバンニに指示を出す。

　すべての注文を用紙に書き留めたジョバンニは、最後に恭しく礼をした。

「このジョバンニに万事お任せください。最高のドレスで王女さまをさらに美しく変身させてごらんにいれましょう」

「頼んだぞ、ジョバンニ」

「かしこまりましてございます、陛下」

　ジョバンニとお針子が見本帳を回収して退出する。

　レオンハルトが席を立つ気配がないので、侍従は傍に控えていた。皇帝の分の紅茶を侍女が運んでくる。しかし、レオンハルトは指先を軽く振った。

「ここにいるときはユリアーナと同じ紅茶を飲む。カップも同じ銘柄のものを。ロラが淹れてくれ」

突然指名されたロラは驚いて顔を上げた。

皇帝の飲み物は専任の召使いが用意するもので、他国の侍女に任せるなんて異例だ。

「わたくしでよろしいのですか、陛下……」

ロラはかしこまった態度でレオンハルトに伺う。

帝国の人間ではない者が皇帝の飲み物を淹れる状況には、毒が混入される危険性が伴う。

無論ロラがそんな人物でないことをユリアーナは承知しているし、ロラに毒を入れるつもりもないわけだが、あらぬ疑いをかけられるのは本意ではない。なぜレオンハルトはわざわざロラに命じたのだろうか。

皇帝の指示に、侍従は探るような目でロラを注視している。

だがレオンハルトは爽やかな笑みをロラに向けた。

「もちろんだ。ロラはユリアーナの乳母だったのだからな。私がユリアーナといなかった時間をずっと共に過ごしている。ぜひ色々と話を聞かせてほしい」

「わたくしごときが滅相もございませんが、ご指名ですので早速、紅茶をお淹れいたしましょう」

さすが年の功で、ロラは震えることなく、ユリアーナに提供するときと同じ丁寧な所作でレオンハルトに紅茶を淹れた。

――一緒にいなかった時間のことを知りたいと願ってくれるなんて……

ユリアーナの胸の底から純粋な喜びが込み上げてくる。

紅茶をロラに頼んだのは、ユリアーナが治めるシャルロワ王国を信頼しているというレオンハルトの気持ちの表れだったのだ。

ところが紅茶を愉しむレオンハルトに、ロラは深刻な表情で平伏した。

「陛下、お願いがございます」

「どうした？　頭を上げて良いぞ」

「どうか、ユリアーナさまを愛人のごとき扱いになさるのはご容赦くださいませ」

ロラが投げかけた直球の意見に、ユリアーナは息を呑む。

まさか、本当に皇帝に意見を申し立てるとは。

「ロラ、やめて。何を言い出すの」

レオンハルトの侍従が厳しい顔で前に出た。

他国の侍女が皇帝のやり方に口を挟むなど、許されないことだ。

「無礼者！　陛下に意見するとは何事だ」

「ディートヘルム。おまえは黙っていろ」

レオンハルトが侍従へ向けて手を振る。ディートヘルムという名の侍従は、口を噤んで壁際に控えた。

柔和な笑みを浮かべたレオンハルトが、平伏するロラに向き直る。

「愛人のように扱っているつもりはないが……そう見られても仕方のない状況ではあるな。ロラが抱く憂慮については、私も理解している」

「では、陛下……」

今夜からは懐妊指導をやめてもらえるのか。

ロラはそう言葉を紡ごうとしているのだろう。呑み込み、皇帝の次の台詞を待つ。

けれど、レオンハルトはさらりと言い放った。

「そこで今宵からは、新しい私たちの部屋で懐妊指導を行おう。私がユリアーナの部屋を密かに訪ねている状況のせいで、誤解されてしまうのだな」

呆気に取られているロラと同じく、ユリアーナも驚きを隠せない。

確かに皇帝が密かに女性の部屋を訪ねるのは、愛人に対しての行為と受け取られかねないのだが、ロラが訴えたい内容はそこではない気がする。

レオンハルトは場所は変えるが、懐妊指導を継続する方針なのだ。

眉根を寄せたロラは声を上げた。

「おそれながら、陛下。このままではいずれユリアーナさまはご懐妊してしまいます。そうしましたら、ユリアーナさまは未婚のまま子を産むことになるのです。生まれた子もユリアーナさまご自身も、あまりにもお可哀想ではございませんか」

涙ながらの訴えに、ユリアーナの胸が哀（かな）しみに引き絞られる。

ロラの言ったことは、未来予想図のうちのひとつではあるが、充分に考えられることだ。五世代の条約のためには仕方のないことだと割り切ってはいるものの、改めて指摘されると、未婚の母という後ろめたさが胸を衝（つ）く。

そういった結果になれば、レオンハルトが正式な妃を迎えたとき、ユリアーナはシャルロワ王国の玉座で彼の子を抱きつつ祝福を送らなければならないのだ。

だがレオンハルトは、それらの憂慮（ゆうりょ）をあっさりと覆（くつがえ）した。

「結婚はする」

「……え？」

ユリアーナとロラは目を瞬（またた）かせる。

レオンハルトは何を言っているのだ？

ユリアーナが子を孕んだあと、別の女性と結婚するという意味だろうか。

首を捻るふたりに向けて、彼は言葉を継いだ。

「ユリアーナが未婚のままであるという前提になっているようだが、私はいずれユリアーナと婚姻を交わす。懐妊すれば、もちろん私の子として認める」

「でも、レオンハルト、私はあなたとは結婚できません……！」

ユリアーナはシャルロワ王国唯一の君主であり、今の時点では他の誰にも王位を譲れない。

王位を捨ててレオンハルトの妃になれば、シャルロワの玉座が空になる。つまり、自らの幸せのために、王国を見捨てることになるのだ。

謁見の日にレオンハルトに指摘されたとおり、たとえレオンハルトにきちんと王権を譲れたとしても、今度はそれがドメルグ大公が戦争を起こす口実になるだろう。

祖先が守ってきたシャルロワ王国を、無責任に放り投げるわけにはいかない。

シャルロワ王国の君主か、アイヒベルク帝国皇帝の妃か。

ふたつの椅子に同時に座ることなど不可能だ。それは周知の事実である。ロラもわかっているからこそ、ユリアーナが未婚の母になることを危惧しているというのに。

だが、レオンハルトはしっかりとユリアーナの肩を抱いて、その手を握りしめた。彼の温かなぬくもりが手の甲を通して伝わってくる。

「今すぐに結婚することはできないが、将来は必ず私の妃にする。私は他の誰をも娶(めと)らない。どうか私を信じてほしい」

「レオンハルト……」

澄み切った紺碧(こんぺき)の双眸(そうぼう)をまっすぐに向けられて、ユリアーナの胸の奥から甘酸っぱい想いが込み上げる。

レオンハルトは愛人として彼女を弄(もてあそ)んでいるわけではない。初めから結婚を前提にして、懐妊指導を行ってくれているのだ。

それが実現できるとは思えなくとも、レオンハルトの誠意を知ることができただけで、ユリアーナは幸福に包まれた。

「ありがとう、レオンハルト。私、とても幸せだわ」

初恋の人に、必ず妃にすると約束してもらえた。

他の誰をも娶(めと)らないとも言ってくれた。

レオンハルトは幼い頃にシャルロワ王国の薔薇園(ばらえん)でプロポーズしてくれたあのときと、ずっと変わらない気持ちでいてくれたのだ。

それだけで、充分だった。

ユリアーナは微笑みを浮かべて、レオンハルトと見つめ合う。ロラはもう何も言わずに礼をして下がった。

「不安を抱かせてすまない。ユリアーナには必ず純白のドレスを着せて、教会で私の隣に立ち、愛を誓ってもらうよ。あなたの花嫁姿はとても美しいだろうな」

「そうね……。花嫁のドレス、着てみたいわ……」

ユリアーナは切なさを抑えるために目を伏せた。

レオンハルトが心からそれを望んでくれるだけで嬉しい。

現実としては、ユリアーナが皇帝の妃になれる日はやってこないだろう。やはりロラの予想が正しいと思える。

それでも良かった。

レオンハルトの妃になれなくても、たとえ懐妊しなくても、ユリアーナが第一に考えるべきことは、シャルロワ王国の国民が平和に過ごせることなのだから。

自分の幸せを優先させてはいけない。

憂いに沈んだユリアーナの表情を目にしたレオンハルトは、優しく声をかけてきた。

「薔薇園を案内しよう。おいで」

重ね合わせた手をそのまま取られ、エスコートされる。

ユリアーナは気を取り直して微笑を浮かべた。

「ええ、そうね。アイヒベルク帝国の薔薇園も見たいわ」

宮殿を出て、広大な庭園へ導かれる。

陽の光に煌めいた薔薇たちは、優美に咲き誇っていた。

なんと庭園の遥か果てまで植えられている。赤、白、ピンクに紫と、区画ごとに異なる種類の薔薇たちが彼方まで花弁を咲かせていた。

庭園を散策したユリアーナとレオンハルトは薔薇のアーチをくぐり、白亜の東屋へ足を運ぶ。

「素晴らしいお庭ね。帝国の庭園にこんなにたくさんの薔薇が植えられていたなんて、知らなかったわ」

東屋に置かれた籐椅子にユリアーナを座らせたレオンハルトは、向かいに腰を下ろす。

ここからは庭園の薔薇が一望できた。

東屋に涼しい風が吹き、花の香気が流れてくる。気品に満ちた薔薇の香りは、心を落ち着かせてくれた。

「この薔薇たちは、私が植えさせたものなんだ。この宮殿に薔薇園を作りたかった。シャルロワ王国の庭園と同じ、薔薇園をね」

「レオンハルトは薔薇が好きなのね」

「ああ……好きだね。とても」

感情を滲ませて呟いたレオンハルトは、けれど薔薇には目を向けず、正面のユリアーナに深い色を帯びた眼差しを注ぐ。

その目が身体を繋いでいるときと同じ色をしていることに、ユリアーナは気づいた。

ぞくりと甘い疼きが背を駆け巡る。

「覚えているかい？　私が皇子だった頃、シャルロワ王国の王宮を訪ねたときは、ユリアーナといつも薔薇園で遊んでいた」

「ええ、もちろんよ。レオンハルトが訪ねてきてくれるのを、私は心待ちにしていたわ。女の子のままごとに付き合うなんて退屈だったでしょう？」

「いいや。とても楽しかったよ。ユリアーナの笑顔を見たくて、私はシャルロワ王国の視察をしたいと、何度も父に申し出ていたんだ。……あなたに会いたかった」

レオンハルトがそんなふうに思っていてくれたことが嬉しくもあり、意外でもあった。

次期皇帝である彼が望みさえすれば、どんな遊び相手でも指名できただろうに。

それなのにわざわざ隣国のシャルロワ王国まで足を運んでくれていたのだ。

ただユリアーナに、会うために。

「どうして、私に……？」

「あなたの無垢な笑顔はとても愛らしい。ずっと見ていたいと願ってプロポーズしたら、なんと赤ちゃんができれば結婚してあげると返されたのだったね。そのときの私は、雷に打たれた気がしたよ」

「え……!?　私、そんなこと言ったかしら？」

赤ちゃんができればだなんて、そんなはしたないことを口にしただろうか。

けれど記憶をたぐり寄せてみると､思い当たることがある。幼い自分は常々、父に『ユリアーナは王位に就くのだ』と言い聞かせられていた。

ユリアーナ王女は、ものごころつく頃からシャルロワ王国の次期君主として定められていたのだ。

自分の生涯は国に捧げるのだ……ということは、おぼろげながら理解していた。

だが、もしも弟が生まれることがあれば、王位に就かなくても良いかもしれない。そうなれば、レオンハルトの花嫁になれると考えていた気がする。

赤ちゃんができれば……というのは、母が産む弟のことを指したつもりだった。けれど、言葉が足りなかったために、私たちの赤ちゃんができたらという意味でレオンハルトに伝わってしまったらしい。

大変な誤解に、ユリアーナは慌てて言い募った。

「あれは、私に赤ちゃんができたらという意味ではないのよ。お母さまが子を産んで、弟ができたならレオンハルトと結婚できると、あのときの私は考えたのだわ」

結局弟が生まれることなどなく病弱な母は亡くなってしまい、父も後添いを娶らなかった。もし弟がいれば彼が王位を継いで、ユリアーナはレオンハルトの花嫁になれたかもしれないが、すべては仮定の話だ。

まさかレオンハルトは長年誤解したままで、ユリアーナを懐妊させれば花嫁に迎えられると本気で信じていたのだろうか。

真実を知っても、レオンハルトは動じなかった。

彼は咲き誇る薔薇を背にして、薄い笑みを浮かべている。

「なるほど。そういうことだったのか。あのときの私は、ユリアーナに赤ちゃんができれば結婚してもらえるのだと心に刻んでいた。だから早く大人になって、皇帝になりたいと願っていたよ。私も若かったので、周囲の状況など考えていなかったな。あなたは幼い頃から自分を取り巻く状況と、王位への責任を意識していたのだね」

ふたりの置かれた立場が、結ばれることを許さない。

薔薇園でのプロポーズは幼い皇子と王女の淡い恋が生み出した、ひとときの夢だ。

　大人になった今は、レオンハルトも両国の事情や互いの立場を踏まえている。ユリアーナが結婚できる相手ではないと当然わかっているに違いない。だとすれば、結婚すると宣言したのは、正式な結婚という意味ではないのかもしれなかった。

　たとえレオンハルトがユリアーナを妃にと望んでくれたとしても、それを後押しする者はいない。

　ふたりの想いがどうであれ、君主として、互いに国のために身を尽くすのは当然。君主の座に就く者として生まれた以上、恋をすることも、好きな人と結婚することもままならないのが宿命なのだ。

「子どもの頃は無邪気だったわ……」

　遠くを見るふうに目を細め、ユリアーナは寂しく呟く。

　唯一の王女として生を受け、用意された玉座に座り、何不自由のない人生を送っているかのように思われているが、それは孤独な籠の鳥としてである。空を自由に駆ける番の鳥たちを籠の中から眺めるとき、言いようのない寂寥感が胸を過った。

　すると、レオンハルトがつと立ち上がり、薔薇を一本手折ってくる。

　沈痛な面持ちのユリアーナの眼前に、真紅の薔薇が捧げられた。

「愛しいユリアーナに、これを」

「まあ……ありがとう」

艶(あで)やかな花弁と高貴な香りに心が癒(いや)される。

ユリアーナが手にしたそれには、棘(とげ)がなかった。

不思議に思い掲げてみると、緑の茎にわずかな血痕が付着している。

――まさか。

見ると、レオンハルトが微笑(ほほえ)みながら手布(ハンカチ)で指先を拭(ぬぐ)っていた。

純白の手布(ハンカチ)に、真紅(しんく)の血が滲(にじ)んでいる。

「レオンハルト、血が……！」

彼は自らの指先で、薔薇(ばら)の棘(とげ)をすべて削り落としたのだ。

ユリアーナを傷つけないために。

「あなたのためなら、どんな棘(とげ)でも削(そ)ぎ落(お)とそう。私の命をかけて」

真摯(しんし)な告白に、息を呑む。

ユリアーナは心のどこかで、愛人として扱われても仕方ないと諦めていた。

結婚なんてできるわけがない。それは夢物語でしかないのだと決めつけて……

それなのにレオンハルトは尊い皇帝の血を流しても、彼女を傷つけることはないと証明してくれたのだ。

「どうして、そこまでするの……？」

「あなたを愛しているからだ。先程、結婚すると宣言したことは言い逃れではない。私の花嫁となる女性は、ユリアーナしか考えられない。五世代の条約や王位のことなど様々な問題が山積しているが、私は必ずすべてを解決して、あなたを妻に迎えると約束する」

改めて明確に、妻に迎えると述べたレオンハルトの双眸には強い意志が宿っていた。

――私を、愛している……？

――レオンハルトの花嫁になれる……？

――いえ、王女としての責務は投げ出せない。

けれど、ユリアーナはレオンハルトを信じたいと思った。

レオンハルトこそ、初恋の人だから。

ユリアーナもまた彼を、愛してしまっている。

懐妊指導官としての彼に身を任せているのではない。自分の意思で、レオンハルトの雄を受け入れているのだ。

毎夜、彼の訪れを褥で待ち、抱かれたいと願っていた。

その結果として、子を授かりたい。いずれレオンハルトの妃となり、共にふたつの国家を支えていけたなら……

そう願わずにはいられない。

ユリアーナは碧色の双眸でまっすぐに、レオンハルトの精悍な顔を見た。

「私の夫となる人は、レオンハルト、あなただけと誓います」

澄み渡る紺碧をしたレオンハルトの瞳が輝く。

「ありがとう……ユリアーナ。あなたを、愛している」

「私も……愛しています」

ふたりはそっと寄り添い、くちづけを交わす。愛を誓うふたりの周囲に咲き誇る薔薇たちが、風に花弁を揺らしていた。


夕闇に包まれるアイヒベルク帝国の宮殿は、さざめきを零している。

本日は皇室が主催する舞踏会が行われるのだ。招かれた貴族たちの馬車が次々に宮殿の門に吸い込まれていった。

ユリアーナは浅い息を吐いて、鏡の前の己の姿を見つめる。

ジョバンニに製作を依頼した彼女のためのドレスが、ついに完成した。

全身が映る大きな鏡には、勿忘草色の涼やかなドレスを纏う王女が映っている。

「素晴らしいお美しさでございます、王女さま。この清廉な美の前には、水の女神も姿を隠してしまうことでしょう」

　ジョバンニの大仰な賛辞に微苦笑を返す。

　仕上がったドレスは襟刳りこそ広くとられているが、首元まで繊細なレースに覆われているので一国の君主に相応しい気品が保たれている。それでいて波打つフリルが腰を幾重にも彩り、ウエストに大ぶりのリボンがあしらわれているので華麗だ。袖にもふんだんに緻密なレースが重なり、淑やかさと華やかさが同居していた。

　そして、彼女の首元には華麗なダイヤモンドの首飾りが光っている。

　レオンハルトから贈られたその首飾りは、ユリアーナの白い肌をさらに輝かせていた。くるりと身を翻すと、艶めくドレスとダイヤの首飾りがシャンデリアの明かりを撥ねて、きらきらと輝く。

　まるで妖精が水浴びをしているかのような瑞々しさが部屋中に広がった。

　支度してくれたロラも笑顔でユリアーナを褒めそやす。

「なんて、お綺麗なんでしょう。年頃の娘らしく着飾ればユリアーナさまもこんなに美しくなるのですね。いつも地味なのはドレスがよろしくなかったようで……」

「まあ、ロラったら。確かに、いつも地味だったわね。でも、私が美しくなれたのはジョバンニのおかげだわ」

ロラの率直な感想に形ばかり唇を尖らせてみせる。ジョバンニは手を広げて朗々とした声を上げた。

「とんでもないことでございます！　ドレスはあくまでも引き立て役でありまして、舞踏会の主役たるは淑女。貴婦人の美しさを最大限に引き出すためにドレスという脇役は存在しているのでございます。この美しさは元々、王女さまが持っていたものです」

深々と腰を折るジョバンニに、侍女やお針子たちからも微かな笑いが零れる。道化みたいに笑いを誘うジョバンニの口上だが、宮廷仕立屋である彼の実力はこのドレスに存分に発揮されていた。

「陛下のお越しにございます」

侍従のディートヘルムが皇帝の訪れを告げると、居合わせた者が一斉に身を低くする。入室したレオンハルトは舞踏会用の華麗な衣装を纏っていた。

瞳の色と同じ紺碧のフロックコートには金糸の刺繍が施され、レオンハルトの玲瓏な美貌を際立たせている。純白のクラヴァットに飾られた大粒のダイヤモンドが眩い煌めきを放ち、その存在感を示していた。

レオンハルトはユリアーナの姿を一目見て、驚いたように目を瞠る。続けて彼は、深い感嘆の息を零した。

「美しい……。そんなありきたりな言葉では、この感動は言い表せないな。至宝だ。今宵のユリアーナは、地上のすべての宝玉を集めたほどの神々しさを漂わせている。まさに至高の美だよ」

　臆面もなく褒めちぎる彼に、ユリアーナは恥ずかしくなる。

　頬を染めつつ、レオンハルトの胸元に輝くダイヤモンドを見上げた。その煌めきは自分に贈られた首飾りのダイヤとよく似ている。

「レオンハルトったら、大げさね」

「私は目にしたままを語っているよ。照れるあなたも、とても可愛らしい」

「ありがとう……。この素晴らしい首飾りと、レオンハルトのクラヴァットに飾っているダイヤモンドはまるでお揃いみたいね」

　すると、レオンハルトは目を細めて、ダイヤモンドの首飾りを身につけたユリアーナを眺めた。そして自らの胸元を飾る大粒のダイヤモンドに手を添える。

「もちろん揃いだ。私たちの身につけているダイヤモンドは、同じ原石から作られている。私の妃となる女性に贈るべく、揃いで作られたのだよ」

　なんとこの首飾りは、レオンハルトの妃が身につける代物なのだ。確かに、皇帝と揃いの宝玉をつけるということは、対の存在であることを示す。

ユリアーナは慌てて首飾りを外そうとした。

「そこまで大切なものだったのね。私がつけるわけにはいかないわ……！」

そのような重要なものを、レオンハルトの妃にもなれないユリアーナが堂々と身につけて人前に出て良いわけはない。

だがレオンハルトは、彼女の腕をそっと押し留める。

「この首飾りが似合うのは、世界中を探してもあなたしかいない。外されては、その意味を失い、ダイヤモンドがただの炭になってしまうだろう」

「そんな……」

外せば炭に変化してしまうだなんて魔法みたいなことがあるわけはないだろうが、レオンハルトはそれほどの覚悟を込めてこの首飾りを贈ってくれたのだ。断ると、彼の面目を潰すことになりかねない。

ひとまず舞踏会では身につけておこうと、ユリアーナは手を下ろした。

「わかったわ。舞踏会のときだけ、お借りするわね」

「慎ましいものだ。果たしてユリアーナには、何を贈れば喜んでもらえるのかな。白馬を繋いだ黄金の馬車か、千人の召使いが仕える城か、それともやはり……国かな？」

恭しい仕草で掌を差し出される。

ユリアーナは微苦笑を零して、その手に自らの手を重ね合わせた。

「何もいらないわ。レオンハルトが人々から尊敬される皇帝でいてくれることが、私の望みよ」

「あなたの期待に、私は必ずや応えるだろう」

どこまでも続く緋の絨毯の上を、皇帝と王女は共に歩む。

レオンハルトにエスコートされて導かれた先は、数多の煌めきが溢れる舞踏会の会場だ。

招待を受けた貴族の紳士淑女たちが音楽に合わせて円舞を描き、貴婦人たちの色鮮やかなドレスが豪奢なシャンデリアの下で花開いた。

アイヒベルク帝国皇帝が主催する舞踏会は噂どおりの華やかなもので、ユリアーナは驚きに目を見開く。

シャルロワ王国の王宮でも舞踏会は開くが、ここまで大規模なものはない。開催したユリアーナは義務的に少々顔を出したあと、すぐに退出している。

それには理由があった。

舞踏会という社交場は、貴族が結婚相手を探すために開かれる。未婚の娘や息子に、より良い家柄の相手を見つけたいと、親たちが子を連れて挑むのだ。

そんな会で、ドメルグ大公が目を光らせているユリアーナに声をかけようという者は、無論いない。

仕方ないと諦めつつも、出会いに頬を染める貴族の子女たちを見ると、羨ましい気持ちが芽生える。そんな思いを抱えるのが惨めで、避けていたのだ。

縁のない自分には長居する必要のない社交場、それが舞踏会だった。

けれど初めて訪れた帝国の舞踏会は、これまで目にしたどの会よりも光り輝いて見える。

「なんて素敵なのかしら……」

ユリアーナはほう、と感嘆の息を零した。

すると、レオンハルトが繋いだ手を引き寄せ、彼女の手の甲に恭しく接吻する。

「これは、あなたのための舞踏会だ」

「私のため？」

「そう。私の妃となる人を皆に知らしめるためのね」

どきり、とユリアーナの鼓動が跳ねる。

アイヒベルク帝国皇帝の妃になどなれないというのに、彼の言葉はどこまでが本気なのか、それとも冗談なのかわからない。

レオンハルトは再三、結婚すると約束してくれたが、それが実現可能だとはどう考えても思えないのだ。皇帝の正妃を選ぶとなれば、レオンハルトの一存だけでは通らないだろう。

――レオンハルトを信じたいけど、きっと私が彼の妃になることはない……

ユリアーナは複雑な思いを胸に抱いた。

そんなユリアーナを伴った皇帝が現れると、紳士淑女たちが円舞を解いて一斉にお辞儀をする。レオンハルトが朗々とした声を広間に響かせた。

「今宵はシャルロワ王国の王女ユリアーナを迎えた。王女を招待することができて、私は大変喜んでいる。皆も舞踏会を楽しんでくれ」

人々は笑顔で皇帝と王女を迎えた。宮廷楽士が再びゆったりとした音楽を奏で始めると、紳士淑女は手を取り合い、ダンスに興じる。

「さあ、踊ろう。私だけを見つめてくれ、ユリアーナ」

「ええ、レオンハルト」

初めは皇帝であるレオンハルトと、主賓の王女のユリアーナが一曲を踊るのが礼儀だ。

向かい合って手を繋ぎ、空いたほうの手をレオンハルトの二の腕に添える。

ふたりは曲に乗せて優雅なワルツを踊った。

レオンハルトはひたむきな瞳で、ユリアーナだけを見つめている。彼の情熱的な眼差（まなざ）しに、胸がきゅんと甘く高鳴った。

レオンハルトの熱い体温が、繋がれた掌（てのひら）を通して伝わる。

それは身体中に浸透して、甘やかに身を焦（こ）がすのだ。

くるり、くるりとレオンハルトのリードでユリアーナは華麗な円舞を描く。

こんなにも心躍（こころおど）る舞踏会は生まれて初めてだ。

最高の舞台に酔いしれる。

だが、瞬（また）く間に曲は終わった。

――ワルツとは、こんなに短いものだったのかしら……

ユリアーナはどこか物足りなさを覚えた。

ドメルグ大公に無理やり勧められてクリストフとワルツを踊った経験はあるが、あのときはとてつもなく長い時間だったと思う。

名残惜（なごりお）しいものの、曲が終了したので繋いだ手を解（ほど）く。すぐさま貴族の令嬢たちがふたりの前に駆けつけてきた。

「陛下、次は私と踊ってくださいませ」

「あら、わたくしのほうが先だわ。公爵令嬢はいつも陛下と踊っているじゃありませんか」

レオンハルトに手を取ってもらおうと、彼女たちは押し合いつつ自らの手を掲げる。

いずれも高位の貴族の令嬢たちなのだろう。レオンハルトに気に入られれば、妃になることも夢ではない。なんとしても皇帝の目に留まろうと必死だ。

舞踏会のダンスは一曲ごとに相手を変えて踊るのが通常であり、ユリアーナがレオンハルトを独占することはできない。

「それでは、私はこれで……」

マナーに従い引き下がろうとしたユリアーナの手が、くいと引き寄せられる。レオンハルトだ。

彼はユリアーナの手を取ると、令嬢たちに告げた。

「私はこれより、どの令嬢とも踊ることはない」

突然の皇帝の宣言に、唖然とした令嬢たちが次々に疑問の声を上げる。

「なぜですの、陛下!?」

「シャルロワの王女様とは踊ったじゃありませんか！」

詰め寄る彼女たちに、レオンハルトは毅然として応対した。

「私の愛が誰にあるのかを、証明したのだ。私のものと対となるダイヤモンドは妃となるべき人を輝かせている。その輝きの前で、私は誤解される行為を欠片ほども行わない」

令嬢たちの視線が、ユリアーナの首飾りに注がれる。そして次にはレオンハルトの胸元を飾るダイヤモンドに。

皇帝と対のダイヤモンドは、妃となる人にのみ贈られる。

言葉の意味を理解した令嬢たちは悔しそうに歯噛みした。中には憎々しげにユリアーナを睨(にら)みつけてからドレスを翻(ひるがえ)す者もいる。

波が引くかのごとく去っていく令嬢たちに、ユリアーナは困惑した。

「レオンハルト……彼女たちを傷つけてしまったのではないかしら」

「気にすることはない。彼女らの態度を見ただろう。あんな心根で私の妃は務まらない」

レオンハルトは令嬢たちを試したのか。

ダイヤモンドの首飾りは妃の証(あかし)であるかのように示唆(しさ)されたが、絶対に守らなければいけないものでもない。

考え込むユリアーナをエスコートして、レオンハルトは夜の庭園へ導いた。

青い月が照らす静かな庭園を、心地好い夜風が吹き抜けていく。

「ユリアーナを妃に迎えた暁(あかつき)には、誰にも無礼な態度は取らせない。だから安心して私の花嫁になってくれ」

真摯(しんし)に訴えるレオンハルトは、本気でユリアーナを妃に迎えるつもりに見える。

彼の花嫁になりたいと願う女性はあれほど大勢いるというのに。

ユリアーナを妃にするよりも、あの中の誰かを指名したほうが、なんの障害もなく簡単なのは明白だ。

けれど、今だけは……

華麗な舞踏会の夢の名残を、感じていたい。

レオンハルトの紺碧の双眸をまっすぐに見上げて、ユリアーナは頷いた。

「はい……。あなたの、花嫁にしてください」

――今だけは、彼の花嫁になれる日を夢見ていたい。

すると、艶めいた笑みを刻んだレオンハルトが、そっと首飾りに彩られた胸元を指先でなぞった。

月明かりにダイヤモンドが妖しく煌めく。

「花嫁となるあなたに、ぜひお願いしたいことがある。一緒に来てくれるかい？」

「何かしら？」

薔薇の芳香に満ち溢れた夜の庭園は、月光の青白い輝きを湛えていた。まるで海の底のようだ。噴水を中央に据えて、そこかしこに迷路になった路が造成されている。

夜の薔薇を横目に見ながら路を歩いている途中、静寂に満ちているはずの庭園から、わずかな衣擦(きぬず)れの音と小さな喘(あえ)ぎ声がユリアーナの耳に届いた。

不思議に思って目を向けると、樹木の隙間に繋がり合う男女の姿がちらりと見える。

女性は大胆にドレスの裾(すそ)を捲(まく)り上げていた。

思わず叫び声を上げそうになった口を掌(てのひら)で覆(おお)う。

レオンハルトが口元に人差し指を立てた。

「静かに。夜の逢い引きに水を差してはいけないよ。でもここで愛を交わす人たちは、見られることも愉(たの)しんでいるみたいだけれどね」

「まあ……」

夜の庭園で、しかも誰に見られるかわからないのに堂々と繋がり合うなんて、信じられないほど大胆な行為だ。

ユリアーナはこのような大人の社交があるなどということも初めて知った。

俯(うつむ)きレオンハルトの腕に縋(すが)って薔薇(ばら)に囲まれた路(みち)を進む。

あちらこちらから淫靡(いんび)な気配が夜闇に漂(ただよ)っていた。

どうやら男女の秘め事は、庭園の至るところで行われているらしい。他人のそのような行為を肌に感じるのは初めてで、ユリアーナは恥ずかしさに頬を染めた。

「ユリアーナ……頬が赤いね。恥ずかしいのかい？」

レオンハルトの低い声音が耳元に吹き込まれる。

ぞくりとしたものを感じて、ユリアーナはこくんと息を呑んだ。

「それは……そうよ……。私の顔が赤いの、見えるの？」

「もちろん、見えているよ。月明かりに照らされたあなたの肌は、極上の美しさだ。海から現れた人魚姫のようだね」

庭園の一角にある石造りのベンチに、レオンハルトと共に腰を下ろす。

近くには誰もいないようで、ここには淫(みだ)らな気配は届いていない。噴水から飛沫(ひまつ)を上げる水の香りが微(かす)かに鼻孔をくすぐった。

ひと息吐いたユリアーナの首筋に、熱い呼気が吹きかけられる。

「あっ……レオンハルト……」

悪戯(いたずら)な唇はうなじをなぞり、耳朶(じだ)を食(は)んでいく。

ぐっと肩を引き寄せられ、逞(たくま)しい肩に凭(もた)れかかる格好になった。

「私の人魚姫……月光の下で、その肌を味わわせてはくれないか？」

もしかして、先程垣間(かいま)見た人たちのように、ここで繋がり合うのだろうか。

まだベッドでも、肌を晒(さら)すのはとてつもなく恥ずかしいというのに……

「ここで……？」

「ずっと憧れていたんだ。秘密の花園で愉しむ恋人たちに。彼らみたいな秘め事をしてみたいと。それにベッドでばかり愛していては、ユリアーナに飽きられてしまうのではないかと案じていてね」

レオンハルトとの行為に飽きてしまうだなんて、そんなことがあるわけない。

毎晩、甘い言葉をかけられて、雄々しい男根で貫かれ、わけがわからなくなるほど喘がされている。飽きるどころか、未だに慣れない。

皇帝であるレオンハルトが望みさえすれば、どんな貴婦人も花園の情事への誘いに乗るだろう。

それなのに彼は、今まで誰も誘うことなく、愛し合う恋人たちをそっと眺めるに留めていたというのだ。

ユリアーナとの秘め事を愉しむために。

——私を、そこまで想ってくれていたなんて……

彼の憧れを叶えてあげたい。

ユリアーナは頬を染め、愛しい人を上目で見た。

「いいわ……。私も、花園で秘め事をしてみたい」

そう告げた途端、くちづけが降る。ちゅ、ちゅ、と啄まれたあと、接吻は深いものに変わっていった。

「ん……ふ……」

雄々しいレオンハルトの舌が挿し入れられ、獰猛な動きで小さな舌を掬い上げる。いつもは紳士的なのに、行為のときの彼はまるで肉食獣のように猛々しく貪るものだから、ユリアーナは困ってしまう。

けれど、せめて今夜は恥じらいをなくして、そんな彼に応えたい。

ユリアーナは拙い動きで舌を差し出す。濃密に舌を絡め合い、互いの唾液を啜る。

そうして舌を擦り合わせると、官能がぶわりと燃え上がった。

チュ、チュウ、チュク……

淡い水音が静謐な庭園に響く。

――いけないことをしている……

屋外で淫らな行為をするという背徳感が、いっそう身体の芯を熱くした。

白い肌を桜色に染めて、ユリアーナはドレスに包まれた胸を喘がせる。

すると、上下するまろやかな膨らみを、大きな掌が包み込んだ。

「あ……あ、ん……」

「もっと声を上げてごらん。夜の木々に聞こえるように」

「そんな……恥ずかしいわ……」

円を揉み込まれると、自然に腰が揺れてしまう。まるで雄を誘っているかに見える淫らな仕草を自覚して、ユリアーナの身体はいっそう熱が上がった。

彼女の言葉にもかかわらず、レオンハルトはドレスの背にある釦を外し、大胆に上衣を捲り下ろす。ユリアーナの上半身を覆うものは、月明かりに煌めくダイヤモンドの首飾りだけになった。

「美しい……。私の人魚姫はこの美しさだけで、大海を統べるだろう。海の神に攫われないよう、しっかりと捕まえておかなくては」

感嘆の息を吐いて告げた彼の言葉に、ユリアーナは微笑を零す。

今はその賛辞を素直に受け止めていたい。

なぜなら、レオンハルトに褒められるたびに、胸には自信が溢れ、より大胆になれる気がするのだ。

普段なら夜とはいえ屋外で肌を曝すなんて考えられないことなのに、彼女は逞しい肩に手を回して、ひとときの恋人を引き寄せた。

「私が逃げられないくらい、愛してちょうだい……」

「おおせのままに。愛らしい人魚姫」

口端に笑みを刻んだレオンハルトが頭を下げる。

チュク……と淫猥(いんわい)な水音と共に、ユリアーナの胸の頂(いただき)が彼の唇に含まれた。

「あっ！　……はぁっ……あん……」

思わず高い声を上げてしまう。いつもより感じやすくなっているようだ。

誰かに聞かれないかと慌てて口元を覆(おお)ったものの、その手とは相反して、この愛の行為を見せたいという淫(みだ)らな願いも胸の裡(うち)に湧いていた。

レオンハルトはわざと声を上げさせようとしているのか、チュクチュクと音を立てて、貪(むさぼ)るという表現がぴったりくるほど紅(あか)く尖(とが)った乳首を舐(な)めしゃぶる。もう片方の乳房も掌(てのひら)で愛撫(あいぶ)し、きゅっと抓(つま)んだ。

「あぁっ、あぁ……ん……」

胸から広がる快楽は下腹へと伝わっていく。腰の奥が熱を帯(お)びて、じゅわりと濡れる感触があった。

しばらくして、身を捩(よじ)じらせるユリアーナを獰猛(どうもう)な視線で射抜いたレオンハルトが、ようやく乳首を解放する。

「さあ、今度は私の膝に跨(また)がってごらん」

ユリアーナは手を引かれて、向かい合わせに彼の膝に乗り上げる。

「え……どうするの？」

「足を開いて。私の肩に手をつくんだ」

ドレスの裾をたくし上げられると、ふわりとフリルが舞う。言われたとおりレオンハルトの膝を跨ぐ格好で足を開き、彼の肩に手を置いた。

ドレスに隠れてユリアーナからは見えないのだが、レオンハルトが手を差し入れるたびに、衣擦れの音が響く。

ふいに花襞に指が触れた。

そこはもうぬるついていて、クチュリと淫らな音が鳴った。

「あ……っ」

「濡れているね。感じてしまったかい？」

「んっ、ん……」

頷くと、ドレスに隠された悪戯な手はいっそう淫らに蠢いて花襞をまさぐる。

淫裂をなぞる愛液に濡れた指先は、つぷりと花筒に挿入され中を探った。親指の腹で花芽を捏ねられると、たまらない悦楽が背筋を貫く。

無意識に背が撓る。

「あぁあ……っ」

ユリアーナは愛撫されてすっかり勃ち上がった乳首と胸を大胆に反らして、月光の下に曝した。繊細なフリルがふわりと夜の薔薇の中を舞う。

レオンハルトの指はまるで雄芯そのもののように、淫らな動きで出し挿れを繰り返す。

――もう、我慢できない。

さらに太くて硬い、愛しい男のものを欲して、ユリアーナは濡れた瞳を向けた。

「あぁ……お願い、レオンハルト、もう……」

レオンハルトも余裕のない双眸を見せる。

「ここで、繋がろう。そのまま、腰を落として。……そう、ゆっくり」

「……あっ」

促されたとおりに膝を開いて徐々に腰を落としていく。すぐに、花襞に熱くて硬いものが当たった。

それはレオンハルトの剥き出しの雄芯だと気づく。ドレスに隠されて見えないが、彼の楔はすでに猛々しく天を衝いていた。

花園で交わる恋人たちは皆、このようにドレスの中で繋がるのだ。

「レオンハルト……すごいわ……」

覚えのある熱い感触に、ユリアーナの羞恥と期待が高まってしまう。

間近から見た紺碧の双眸は、月明かりにとろりと蕩けていた。

「ユリアーナの蜜壺に含んでみてくれ。あなたの中に入って、花の蜜を味わいたい」

そう懇願されると、蜜壺がきゅんと甘く疼いた。奥から蜜がとろりと滴り落ちてくる。

身体も心も、レオンハルトを欲していた。

けれど自ら男根を挿入するなんて初めてで、どうしたら良いのかわからない。

ユリアーナが腰を揺らしてまごついていると、男らしい眉がくっと寄せられた。

「この状態で焦らすとは、やるね。拷問のようだ」

「あ……ん……わざとじゃないわ。どうしたらいいの？」

「腰を支えているから、ドレスの下に手を入れて、これを握ってごらん」

幾度も身体を重ねているが、ユリアーナが直に男根に触れたことは一度もない。

——そんなはしたないことをするなんて……

けれど触れてみたいという欲も胸の裡にあった。

ドレスをたくし上げて、そろそろと足の間に手を這わせる。指先がほんの少し、熱いものに触れた。

だが大ぶりのフリルに遮られて、握るところまではいかない。

そのもどかしさが、さらに羞恥を煽る。

「いいよ。そのまま、秘肉に宛がうんだ。……膝の力を抜いて」

レオンハルトの両手に腰を支えられ、ユリアーナはゆっくりと膝の力を抜いてみた。

すると、身体が自重で沈み、ずぶずぶと硬い男根が濡れた蜜壺に呑み込まれていく。

「あ……っ、あ、あ、あぁああんっ」

灼熱の棒が身を貫く。

あんなに硬くて太い雄芯が、身体の中に入っていくとは信じられない。

いつもとは挿入される角度が異なり、硬い先端が感じる部分を擦り上げた。

鋭い快感が背筋に走り、ユリアーナは背を仰け反らせる。

「ああ……きゅうっと締まったよ。月光に映し出されるその姿は、さながら、跳ねる人魚姫のようだ。覚えの良い蜜壺に褒美をあげよう」

快楽を掬い上げた蜜壺は、とろとろとした愛液を滴らせ、雄芯をきゅうきゅうに引き絞る。

レオンハルトが掴んだ腰を持ち上げると、雄を咥えたそこも浮き上がった。

ずるりと硬い楔を引き出されたかと思えば、支える力を緩められてまた腰が沈む。ずくりと花壺をいっぱいに満たされ、また腰を上げられてぬるりと雄芯を引き出された。

濡れた粘膜が、ぬちゅぬちゅと淫猥な水音を奏でる。

「あっ、あっ、あぁん……」

「気持ちいいかい？」

「いい……きもちい……すごいの、奥に、あたるの……」

ズチュズチュという淫靡な水音と、甘く掠れた声が薔薇の咲き誇る花園に撒き散らされる。

前後に腰を揺らめかせると、もっとも感じる奥が擦られて、たまらない悦楽が湧き起こった。

まるで娼婦のように快楽を貪るユリアーナを見ているのは薔薇と、愛しい人のみ。

「淫らなあなたは、昼のあなたよりもっと素敵だ。さあ、私の精をねだってごらん。奥の気持ちのいいところに、熱いものが欲しいかい？」

「あっ、あん、ほし……ほしい……、レオンハルトの、子種を、私のいちばん奥に注ぎ込んで……っ」

ぐうっと砲身が沈められ、深く穿たれる。爆ぜた雄芯の先端から、熱い飛沫が迸った。

子宮の奥深くへ、皇帝の子種が滔々と注がれていく。

「あ……あ……あぁ……」

頂点を極めて硬直した身体はやがて弛緩して、ゆっくりと男の胸に倒れ込んだ。それを抱き留めたレオンハルトは銀色の髪に頬ずりをして、宥めるように背を撫でる。

「とても上手になったね。きっと、赤ちゃんできるよ」

ちゅ、とこめかみにくちづけた。

熱い身体を夜風に冷やされ、その心地好さにユリアーナは身を委ねる。

こんなに快楽を感じていたら、本当に子を孕んでしまうかもしれない。

ぼんやりとそう思いながら、彼女は煌めく月光とレオンハルトの熱い腕に包まれていた。

第五章　港町ラセン

予定の七日を過ぎても宮殿でレオンハルトと蜜月を過ごしていたユリアーナだったが、ある日、外遊することになった。

ラセンの領主であるベルコの不正が目に余るという報告が届いたのである。

シャルロワ王国とアイヒベルク帝国というふたつの領地を跨(また)いでいる港町ラセンは、特殊な事情を抱えている。

歴史を紐(ひも)解くと、古代より重要な交易地として栄えてきたラセンの権利を欲しがった両国が争いを繰り返し、協議の結果、分割して統治しようという結論に纏(まと)まったのだ。

それは五世代の条約が締結される遥(はる)か昔のことだった。

ひとつの港町が二国に分断されると、税収や法律の違いなどで様々な問題が勃発(ぼっぱつ)する。

それを防ぐためラセンには領主が置かれ、その家が代々統括していた。

それがベルコの家である。

元々この地方の大地主であった彼の家は住民の信頼も厚く、町は数百年間、穏便に保たれていた。

ところが現在の当主フランシス・ベルコに代替わりして以降、問題が生じてばかりいる。

その最たるものが、自治権の主張だ。

港町ラセンは我が家の統治するものであると、当主のベルコが使者を通じて伝えてきたのである。

初めにシャルロワ王宮の玉座でその通達を聞いたユリアーナは目を瞬かせた。

ベルコにはすでに領主として、様々な権利を与えている。国家として独立したいという主張だろうか。けれど、通達の内容に具体性がなく、何をしたいのかわからない。

ベルコは以前から何度も税金を引き上げさせてくれと書簡を送ってきており、そのたびに現状を保てと却下してきた。税金を上げすぎれば、港を利用する商船が寄港しなくなるからだ。現在の税は適正である。その見解は帝国でも同一だと帝国側の使者にも確認していて、レオンハルトとの意見は一致している。

自治権の主張はその判断への反発かもしれないと考えられた。

税金の変更など重要な改正には、シャルロワ王国とアイヒベルク帝国の許可が必要で、ベルコが独断で増税することは許されないのだ。

ラセンには二国それぞれの総督府も置かれている。

ユリアーナは総督府にベルコの動向を監視させていたが、ベルコはただ主張してきただけで、それ以上の行動を起こさなかった。

何も行動を起こさなければ、罰する理由がない。

ラセンは何度か訪問したことがあるが、ベルコは気の小さそうな腰の低い男で、ユリアーナに媚びてばかりいた。とても一国の君主として独立できる器とは思えない。

そうしてユリアーナはラセンの問題を脇に置いた。レオンハルトに謁見する数ヶ月前のことである。

ところが、晩餐会でも話題に上ったように、ベルコの主張はアイヒベルク帝国でも不審なものと捉えられていたらしい。

レオンハルトは重要性の低い問題として歯牙にもかけていなかったのだが、今回また報告が来た。そして、もし不正なことが行われているのであれば、直接、その証拠を押さえようということになったのだ。

ラセンへ向かう馬車の車内で、レオンハルトは紺碧の双眸を眇めた。

「バルリング総督の報告によると、領主のベルコは君主であるかのごとく振る舞っているという。だが私とユリアーナ王女が訪問すると正面から告げれば、途端に気の小さい領主の服を纏ってしまうかもしれないな。彼の本性はどんな男なのか、この目で確かめてみようではないか」

そう言って、口元に弧を描く。

彼は黒地のコートを纏い、刺繍のない控えめなブーツを履いていた。まるで街にいる青年みたいな格好である。

一方ユリアーナはピンクのドレスに、鍔の広い帽子を被っている。ドレスの装飾は抑えられていたが、裕福な令嬢といった出で立ちだ。

いずれも皇帝と王女という服装ではない。

「それで、お忍びの訪問というわけなのね」

晩餐会でレオンハルトがそう提案をしたとき、ユリアーナはあくまでも冗談だと思っていた。だが、どうやら本気だったらしい。

向かいに腰かけた侍従のディートヘルムも、いつもの制服姿ではなく、下級貴族が普段着ている鶯色のコートを着用していた。彼は赤髪を揺らし、苦い顔をしてレオンハルトに訴える。

「両国の君主が正体を隠して港町を訪れるなど、前代未聞です。しかも護衛は俺ひとり。無謀ですよ、陛下」

ディートヘルムが反対するのも無理はない。

近衛兵が表立って警護することもなく、侍従は皇帝と馬車に同乗。しかも皇帝専用の馬車ではなく、どこにでもあるような質素な車体が選ばれている。

「お忍びなのだから、徹底させる必要がある。私を陛下と呼ぶな。私はラセンを見学に訪れた新人の文官で、ディートヘルムは護衛をかってでた友人だ。そしてユリアーナは私の幼なじみの令嬢。この設定でいこう」

「……仕方ないですね。陛……レオンハルト様」

ディートヘルムは渋々承知した。

くすりと笑みを零したユリアーナも同意する。

「私たちは友人なのね。よろしく、レオンハルト。それにディートヘルム」

「王女さ……いえ、ユリアーナ様、遊びじゃないんですよ。ベルコの不正を暴くために正体を隠すんです。おふたりとも、くれぐれも危険な目に遭わないよう細心の注意を払い、節度ある行動を心がけてください」

不安が拭えないディートヘルムは、ふたりに苦言を呈する。

だがレオンハルトは軽口を叩く。

「お忍びの旅行は初めてだな。楽しみだ」

「私もよ。誰も私を王女と知らないなんて、素敵だわ。羽を伸ばせそうね」

君主ふたりの楽しげな発言は、ディートヘルムを唖然とさせた。

丘を下りると、爽やかな潮の香りが風に乗って流れてくる。

三人を乗せた馬車は港町ラセンに辿り着いた。

「海が綺麗……！」

太陽の光に煌めく海面は、極上の宝石をまぶしたような美しさだ。

普段は王宮で政務を執ることしかしていないユリアーナは解放感に包まれる。

けれど気のせいか、係留している船の数が少ないようで港は閑散としていた。

「まずは帝国の総督府を訪ねよう。問題となった報告はバルリング総督から寄せられたものだからな」

「総督府には陛……レオンハルト様が来訪することについて何も伝えていませんよ。お言いつけどおりですが」

「無論だ。今の私は、新人の文官なのだからな。大仰な出迎えをさせれば、皇帝が視察にやって来たとベルコに筒抜けになってしまう。正確に現状を把握するためのお忍びだ」

「……バルリングが肝を潰さないと良いですね」

嘆息したディートヘルムだったが、総督府の建物が見える頃になると眉を寄せる。

「なんだ、あの騒ぎは」

レオンハルトとユリアーナも、車窓から顔を覗かせて外の様子を窺った。

総督府の門前に、大勢の人が詰めかけている。いずれもラセンの住民らしい。彼らは税金を下げろと口々に訴えていた。

門扉は住民が侵入するのを防ぐためか、固く閉ざされ、門内では警備の兵士が警戒している。

それを見たレオンハルトが御者に指示を出した。

「裏口に停めてくれ」

とても表から入れる状況ではないので、馬車は総督府の裏口に回る。そこには誰もおらず、馬車を降りた三人は人ひとりが通れるほどの狭い門をくぐった。

裏口の門から入るという貴重な経験に、ユリアーナの胸は奇妙に高鳴る。

シャルロワ王国の総督府は港町の反対側に位置しているが、そこを訪れるときはいつも総督をはじめとした役人たちがずらりと正門に並んで、盛大な歓待を受けたものだ。

「待て！　貴様ら、何者だ」

誰何されるのも初めてで、ユリアーナは驚いて足を止めた。兵士らしき男が剣を構えて、侵入した三人を睨みつけている。

ディートヘルムがふたりを庇うように前へ出ると、堂々と言い放った。

「無礼者！　こちらのお方は――」

だがレオンハルトの咳払いが発せられる。彼の設定を思い出したらしいディートヘルムは、口を噤んだ。代わりにレオンハルトが丁寧な口調で兵士に語りかける。

「我々はハインツ・バルリングの友人だ。表は大変な騒ぎだったので、やむなく裏口から入らせてもらった。総督は忙しい身だろうが、レオンハルトが会いに来たと伝えてもらえないだろうか」

兵士は不審な人間を見る目で、レオンハルトを頭から爪先まで眺める。

本来なら、それだけで不敬罪に問われるところだ。

ディートヘルムが兵士の不躾な態度に苛々を募らせているので、ユリアーナはこのあとどうなるのか気が気ではない。

一介の兵士は皇帝レオンハルトの顔を知らないのだろう。彼は威丈高な態度で応じた。

「総督閣下の友人だと？　怪しいな。約束はあるのか？」

「約束はしていない。だがバルリングが私に会えば、すぐにわかるだろう」

兵士は少し考える素振りをしたが、踵を返して命じた。

「ついてこい」

案内してくれるようだ。

三人は兵士のあとについて総督府の内部へ入った。

ユリアーナは帝国の総督府には初めて足を踏み入れる。華美さはなく、質実剛健（しつじつごうけん）な内装だ。

そんな帝国らしい長い廊下を渡り、地下へ続く階段を下りていく。ふいに眉根を寄せたディートヘルムが首を巡らせた。

「おい、こっちは総督の執務室じゃないだろう。どこへ行くつもりだ？」

「黙ってついてこい」

階段を下りた先は、薄暗くて細い廊下が伸びている。両脇には鉄格子の付いた部屋が備（そな）え付（つ）けられていた。

「ここは……？　きゃあっ⁉」

突然、ユリアーナは背中を突き飛ばされた。

咄嗟（とっさ）に受け止めてくれたレオンハルトと、彼を守ろうとしたディートヘルムと共に鉄格子の内側に入れられる。

三人を押し込めた兵士は無情に牢の鍵をかけた。

「貴様、何をする！」

怒鳴ったディートヘルムが鉄格子を掴むのを、兵士は容赦なく剣の柄で押し戻す。

ディートヘルムは数歩よろけて後退した。

「総督閣下の友人を騙るおまえたちへの罰だ。しばらくそこで反省するんだな」

悠々と告げた兵士は地下を去ってしまう。どうやら総督のもとへ案内してくれる気は、初めからなかったらしい。

ここは罪人を閉じ込めておくための牢獄だったのだ。

「ユリアーナ、怪我はないか？」

「ええ、平気よ」

レオンハルトは突き飛ばされたユリアーナの背を労るように撫でると、皮肉っぽく口元を歪めた。

「牢獄に入ることになるとは思いもよらなかった。革命でも起きて、君主の座を降りるときならともかく」

「そうね。私も牢獄に入るなんて、初めての経験よ」

「そうだろうとも。だが総督の友人を騙ったという罪には間違いないな。何しろバルリングとは友人ではない」

君主ふたりの呑気な会話に業を煮やしたディートヘルムは、苛立ちを隠さずに声を荒らげる。

「何を呑気なことを言ってるんですか！　アイヒベルクの皇帝とシャルロワの王女が牢獄に入れられるなんて、国家を揺るがす重大な事態です！　ですからお忍びなんて危険だと反対したんですよ！」

「まあ、落ち着け。彼はしばらく反省していろと言ったのだ。処刑するとは明言していないだろう」

「処刑……。陛下、なんということを……」

もはや設定を忘れたディートヘルムは、レオンハルトの発言に絶句した。

「処刑には総督の許可が必要だからな。その前に我々は必ずバルリングに会えるのだ。心配することはない。それまで牢獄の生活を楽しもうではないか」

レオンハルトの言うとおりである。ユリアーナは弾んだ声を出した。

「私も牢獄の暮らしなんて初めてだわ。食事はどんなものが提供されるのかしら」

「ユリアーナ様まで……。ロラがこの状況を知ったら気絶しますよ」

ロラはラセンへのお忍びの視察に同行すると頑なに訴えていたが、最低限の人数で行動することが肝要だというレオンハルトの発言で、すでに気を失いかけていた。

王女の侍女である自分は最低限の人数に含まれないのか、ドレスは誰が着せるのかなど、最後まで果敢に抗議したものの、ジョバンニが「このドレスはひとりで簡単に脱ぎ着ができます」と揚々と告げると、ついに押し黙ったのだ。

ロラを連れてきていたら、ディートヘルム以上にお小言を降らせることは間違いない。宮殿に置いてきたのは賢明な判断だ。

「――ふむ。牢獄の生活を楽しむ暇はないようだな」

レオンハルトが呟いたとき、地下への階段を下りてくる複数の足音がユリアーナの耳にも届いた。誰かやってきたようだ。

「総督閣下の友人を騙る不届き者は、この者たちです。いかなる処分にいたしましょうか」

先程の兵士が、軍装を身に纏う男性を連れてきた。

長い褐色の髪を後ろで束ね、眼鏡をかけている男だ。その面立ちは理知的で一見優男に見えるが、身のこなしには隙がない。

彼がバルリング総督だろう。

レオンハルトの顔を一瞥したバルリングは瞠目した。

「やあ、バルリング。久しぶりだな」

「陛下⁉　なぜ、このようなところに……おい、すぐに牢を開けろ！　このお方をどなただと思っている。アイヒベルク帝国皇帝レオンハルト様であらせられるぞ！」

命じられた兵士は唖然としたが、すぐさま錠前を開けた。

そしてバルリングは床に膝をつき、深く頭を下げる。

「申し訳ございませんでした。まさか皇帝陛下とは知らず、部下が大変な非礼を働きましたことをお許しください」

兵士も床に額を擦りつけて平伏した。レオンハルトは鷹揚に手を振る。

「よいのだ。今回は身分を隠してラセンを訪れている。こちらはシャルロワ王国の王女ユリアーナ。彼女と私のことは他言無用だ」

「なんと、王女様まで……！　他言無用であること、承知いたしました。皆様、どうぞこちらへおいでください」

バルリングに案内されて階段を上がり、総督の執務室へ通される。

明るい陽射しの零れる室内と重厚な調度品は、牢獄とは天地ほども差がある。

レオンハルトとユリアーナは革張りの椅子に腰を下ろした。ディートヘルムはいつもの侍従の態度と同じく、壁際に控える。

兵を下がらせたバルリングは自らの執務室にもかかわらず、床に片膝をついた。

「座れ、バルリング。ディートヘルムもだ。身分が露見することは避けなければならない。我々はラセンの状況を正確に知るために極秘で訪問しているのだ」

「そうよ。表に住民が詰めかけていたけれど、何があったのかしら？　教えてちょうだい、バルリング総督」

二国の君主に促（うなが）され、バルリングは礼をして向かいの椅子に座った。ディートヘルムは黙然として端の椅子に腰を下ろす。

「あの住民たちは税金を下げろと、連日訴えているのです。陛下への報告にも少し書いておりますが、ベルコの不正な手段により、帝国は被害を被（こうむ）っています」

「ベルコの不正について、詳しく話せ」

「今日現在においての住民にかかる税金は、陛下がお決めになったものから五倍に跳ね上がっています。寄港する船の停泊料に至っては十倍です」

「なんだと？　私はそのようなこと、許可していない。申請すら来ていないぞ」

レオンハルトはユリアーナに目を向けた。彼女も初耳で、首を横に振る。

税金の引き上げについては、シャルロワ王国でも無論許可を出していない。

バルリングは重い溜息を吐いた。

「ベルコは帝国に無断で税金を上げたのです。重大な違反行為です。ですが彼は、シャルロワ王国とアイヒベルク帝国の指示だと主張しています。それを信じた住民が、両国の総督府に詰めかけているのです」

「なんてこと。シャルロワ王国もそんな指示は出していないわ」

ベルコは利権を貪るために無許可で増税し、その責任を両国に押しつけているのだ。元の税金も決して安いものではないのに、五倍や十倍などという倍率で吊り上げれば、いずれ破綻するのは目に見えている。

視線を下げたバルリングは、気まずそうに話を続けた。

「それがですね……この問題が厄介なのは、ベルコの言い分の半分は、事実であるところなのです」

「どういうことなの？」

「ベルコは、シャルロワ王国側の承認は得ています。王女代理であるドメルグ大公が記した書簡を堂々と掲げて、王国の正当な指示により税を上げていると主張しているのです」

「なんですって⁉」

ユリアーナは一切許可していない。しかし思い当たることはあった。

ベルコから増税を願う書簡が届くたびに、ドメルグ大公がそれを承認すべきだと横から口を出してきたのだ。

とはいえ、シャルロワ王国にユリアーナが不在の状態の現在でも、大公が勝手に許可を出すなど許されない。

「私は承認した覚えがありません。ドメルグ大公に王女代理の権限を与えてもいないわ」

「さようでございますか。しかしそれはシャルロワ王国側の事情でして、アイヒベルク帝国としてはどうすることもできません。王国の総督府でも、命令なのでどうにもできないの一点張りでした。これは私の推測ですが……ベルコはドメルグ大公と手を組んで私腹を肥やしているのではないかと思われます」

ドメルグ大公は随分と勝手な真似をしてくれているようだ。

ユリアーナは悔しさに拳を握りしめる。

ベルコはドメルグ大公という後ろ盾を得ているために、堂々と税を引き上げているのだ。港に停泊している船が少ないのも、そういうわけだったのだろう。

ふいにレオンハルトが思慮深げな双眸を煌めかせた。

「しかし、帝国の承認は得ていない。ベルコは処罰を恐れていないのか」

「さあ……あの男が何を考えているのかは、よくわかりません。私が警告を発しても、媚びへつらって躱すばかりです。ドメルグ大公がいればどうにかなると思っているのでしょう」

「ふむ。私は二度ほど会ったことがあるが、確かにそのような男だったな……。よし、バルリング。ベルコに新人の文官が会食したいと願い出ていると伝えるのだ」

バルリングが眼鏡のブリッジを指先で押し上げる。

「正体を隠したままベルコに面会するのですね。ですが、会えばすぐに陛下であることはわかってしまうのでは？」

悪戯（いたずら）めいた瞳を輝かせたレオンハルトは、面白そうに笑った。

「ベルコがいつ気づくか、見物だな。港町の領主を懲（こ）らしめてやろうではないか」


バルリングがレオンハルトの意向を伝えると、ベルコ家からはすぐに返信があった。

将来有望なアイヒベルク帝国の宰相子息を、ぜひ食事にご招待したいという内容に、レオンハルトは眉をひそめる。

「ちょっと待て、バルリング。私は新人の文官と言ったはずだ。いつ宰相子息という設定が付いたのだ？」

「ええ、ですから、宰相子息の新人の文官、と伝えました。ただの文官では、ベルコは見向きもしないでしょうからね。宰相子息となればベルコも無下に扱えませんし、陛下の身の安全も確保できるでしょう」

ディートヘルムに掌（てのひら）を差し出されたバルリングは、彼と固い握手を交わした。双方の憂慮は解決したようだ。

「総督はよくわかっていらっしゃる。感謝する」

「どういたしまして。私どもは随行できませんけれどね」

「……なんだと？　俺は陛下の侍従だぞ。なぜ行けないいんだ」

憤慨するディートヘルムに、バルリングはさらりと告げる。

「ベルコに招待されていません。内輪の食事会だそうで、宰相子息殿と友人の令嬢のみを招待するとのことです。あまり強く押すと不審に思われますので、その内容で承諾しました」

皇帝の侍従であるディートヘルムがレオンハルトの傍にいられないということは、大変な屈辱なのだろう。彼は頭を抱えている。

けれどレオンハルトは支度を調えつつ、朗らかに笑った。

「ディートヘルムとバルリングは留守番だ。私たちのことは心配するな。それよりも訴えを起こしている住民たちを安心させておいてくれ。税金は明日、元通りの率に引き下げるとな」

明日という期限を付けたことに、ユリアーナは驚いた。

バルリングが慎重に聞き返す。

「明日ですか、陛下？」

「そうだ。明日だ」

「……承知しました。そのように告知いたしましょう」

レオンハルトには考えがあるらしい。

ベルコとの食事会でなんらかの決断が下されるのだ、とユリアーナは確信した。

「それでは、参ろうか。ユリアーナ」

「ええ。レオンハルト」

レオンハルトにエスコートされて馬車に乗り込む。

ドレスはペールグリーンの清楚なものを選んだ。もちろん、ジョバンニの作品だ。

レオンハルトも文官らしい質素な衣服に身を包んでいる。

けれど彼の黄金の髪と紺碧の瞳、それに精緻な造作がどうにも衣装と合わず、貴人が身分を隠していることを匂わせてしまう。

――ベルコに、すぐにばれてしまいそうね……

微苦笑を零したユリアーナとレオンハルトを乗せた馬車は、海岸通りを駆けていく。

やがて豪壮な邸宅へ辿り着いた。

陽の光をやたらと反射するその邸は、壁に宝石が埋め込まれている。硝子などではなく、天然石だ。

「まあ……ルビーにエメラルド、ラピスラズリだわ」

これだけの宝石を使用するには相当な財産が必要だ。しかも壁に埋め込む意味は財力を誇示する他になく、全くの無駄遣いと言える。

「引き上げた税金が、この壁に使われているということだな。しかも、センスも皆無だ」

レオンハルトが呆れるのも無理はない。

壁の宝石は種類や大きさなどランダムに埋め込まれていて、見る者に雑然とした印象しか与えなかった。

勝手に増税してこのような贅沢をしているとは、許せない領主だ。

君主として、彼にきつく言ってやらねばならない。ベルコはユリアーナとも面識があるので、会えば王女だとすぐにわかるだろう。

邸の壮麗な扉をくぐると、ずらりと整列した召使いたちに出迎えられた。

なぜか召使いたちは、すり切れて古びたお仕着せを身につけている。それが豪奢な宝石の壁に合わず、ユリアーナは違和感を覚えた。

執事らしき男性が進み出て、穏やかな笑みを浮かべる。彼のジャケットも、つぎはぎだらけだ。

「いらっしゃいませ。王様はただいま、シャルロワ王国の係官とお話し中でございます。少々お待ちくださいませ」

シャルロワ王国と聞いて、ユリアーナはどきりとした。

レオンハルトは眉をひそめる。

「王様とは？　ベルコ氏ではないのか？」

「ええ、領主ベルコ様のことでございます。私どもは『王様』とお呼びするよう、言いつけられております」

レオンハルトとユリアーナは呆れて顔を見合わせた。

もう君主の気分らしい。

召使いに『王様』と呼べと命じて悦に入っているとは幼稚なことだ。

「あなたがたの衣服は随分と着古したもののようだけれど……新しいものは用意されないの？」

「はい。召使いたる者、衣服を着させてもらえるだけでもありがたいと思えと、王様は常々おっしゃいます。召使いの服は、この一着しか支給されません」

呆れてものが言えない。ベルコは完全に金の使い方を間違っている。

召使いたちは一様に表情を消して視線を下げていた。

ベルコのやり方に不満や意見を申し立てれば罰が待っているので、何も感じないようになってしまったのだろう。

そのとき、奥の廊下からふたりの男性がこちらへ向かってきた。彼らが来訪していたシャルロワ王国の係官らしい。

偉そうに胸を反らして前を歩く男の顔をちらりと見たユリアーナは、心の中で首を捻った。

——知らない顔ね……。ドメルグ大公の部下かしら。

王都から離れた地にある総督府の役人とはいえ、ユリアーナはすべての部下の顔と名前を記憶している。ドメルグ大公が独断で人員を入れ替えたのだろうか。

「お話が終わったようでございます。さあ、こちらへどうぞ」

執事に促され、彼らと入れ違いに邸の奥へ赴く。

すれ違いざま、係官の後ろを歩いていた護衛官風の男が、何気なくユリアーナの顔を見た。彼は瞬間、息を呑む。

「王じょ……！　ごほっ、ごほっ……失礼」

近衛隊長のエリクだ。

王女様、と叫びかけた彼は咄嗟に咳き込んだふりをして誤魔化した。

なぜ近衛隊長であるエリクがこんなところにいるのか不明だが、今はまだ王女であることは伏せておかなければならない。

ユリアーナは、にこりと微笑む。

「お風邪を召されているの？　お気をつけてくださいね」

声で王女本人だと確信したらしいエリクは、動揺を押し込めて表情を改める。

「……お気遣い、ありがとうございます」

彼はさりげなくユリアーナの隣にいるレオンハルトを窺うと、小首を傾げている係官と共に邸を出ていった。なんらかの事情があるのだと察してくれたらしい。

エリクは代々王家に仕える騎士の家系で、本人も忠義の厚い、真面目な近衛隊長である。

レオンハルトは今のやり取りに、口端を引き上げた。

「ユリアーナの美貌は真面目な騎士すらも誘惑してしまうね」

「いやだわ。彼はシャルロワ王国からの風邪をもらってきたのよ」

「違いない。少々厄介な風邪みたいだが」

エリクに会ったことは驚いたが、上手く切り抜けられた。もっとも聡明なレオンハルトには悟られている。

ほっとしつつ、執事に案内されて無駄に美術品が陳列された廊下を渡り、ユリアーナは奥の部屋へ通された。

　客人を迎える応接室らしいその部屋は、調度品で溢れている。

「まあ……ここは物置かしら？」

「足の踏み場がないな」

　意味もなくたくさんのチェストや椅子が置かれ、そこかしこに壺や彫像が飾られていた。

　骨董品を集めても、整頓することはしないらしい。

　唖然として見渡していると、床を踏みならす音が聞こえてきた。執事が「王様のお越しにございます」と述べて扉を開く。

「やあ、ようこそいらっしゃいました。宰相子息殿。ええと……お名前はなんとおっしゃいましたかな？」

　豪奢なジュストコールを纏ったベルコに笑顔で迎えられる。

　レオンハルトは優美な笑みで、さらりと答えた。

「レオンハルトです。お目にかかれて光栄です、ベルコ殿」

「こちらこそ、レオンハルト殿。貴殿の噂はこのラセンにも届いていますよ。宰相閣下の有望なご子息がいらっしゃるとね」

ベルコはレオンハルトに謁見したことがあるはずだが、彼が皇帝だとは気づいていないようだ。宰相子息というバルリングのでまかせを信じ込んでいる。

ベルコの巨体に隠れて見えなかった背後の女性を、彼は押し出した。

「こちらは私の娘、アンです。親の口から言うのもなんですが、たいそう気立ての良い娘なのです。ぜひ宰相子息殿の花嫁にいかがでございましょうか？」

アンは父親と同じで、華美な衣装を身につけていた。邸の壁同様、ドレスには雑然と宝石が縫い付けられている。

「よろしくお願いします、レオンハルト様」

挨拶するなり、彼女は素早くレオンハルトの腕に絡みついた。さりげなく反対の肘で、ユリアーナを押す。

「いえ、私には心に決めた人が……」

「さあ、宰相子息殿。食事の用意が整っております。どうぞこちらへ」

ベルコがレオンハルトの発言を遮ると、アンは強引に彼を引き摺っていった。

皇帝と王女に対して考えられない不敬だが、ベルコ親子には正体を隠しているので仕方ない。どうやらベルコは宰相子息という肩書きに惹かれて、娘を結婚させようと企んでいるらしかった。

隣室に連れ去られてしまったレオンハルトを呆気に取られて見送っていたユリアーナは、ベルコに訝しげな目で見られる。

「で、あなたは？　宰相閣下のご令嬢ですかな？」

宰相の令嬢となると、レオンハルトの妹ということになってしまう。ユリアーナはレオンハルトとは髪と瞳の色が違うし、顔立ちも兄妹には見えない。

「いえ……、私の父は子爵です。レオンハルトは友人ですわ」

咄嗟に繕うと、ベルコは馬鹿にしたように鼻を鳴らした。

「なんだ、子爵風情か。今日は邪魔をしないでくれよ。娘を宰相夫人にするチャンスなんだからな」

踵を返したベルコの背を、ユリアーナは唖然として眺める。

君主として会見したときは平伏しては揉み手を繰り返して媚びていた男が、別人かと思うほどの変わりようだ。

しかもレオンハルトはおろか、ユリアーナを見ても王女だとは気づかないらしい。彼は人の肩書きしか見ていないのだと思われる。

奇妙な空気の中、ベルコ邸での食事会が始まった。

食卓にずらりと並べられた料理はいずれも豪勢な海の幸ばかりで、四人しかいないのにどれだけ出すのかという量である。

席次も妙だ。

レオンハルトの隣にアンが座り、ベルコは上座。ユリアーナはテーブルの端だった。

生まれたときから一度もテーブルの端の席になど着いたことのないユリアーナは、ここからは上座がよく見えるのだわと感心する。

けれど、レオンハルトは眉をひそめて、ベルコに問いかけた。

「ベルコ殿。この席次ですが……」

「いやあ、宰相子息殿はお目が高い！　あの調度品はいずれも珍しい品ばかりなのですよ。何しろラセンは各国の商船が来港しますからな」

「そのことですが……」

「宰相子息殿のお屋敷も相当な宝物で溢れておいででしょう。一度お伺いしたいものです。私は皇帝陛下にも謁見したことがあるのですが、宮殿はさほどでもありませんでしたな」

「そうですか。さほどでもありませんか」

レオンハルトは苦笑を零す。彼が何か意見を述べる前に、ベルコは立て板に水の勢いで別の話を喋り倒す。どうやら力業で宰相との繋がりを持とうとしているらしい。

「レオンハルト様。彼女はいるの？　いないわよね。どういった女性がお好み？　私なんてどうかしら？」

隣にはアンがべったり張りついており、彼女も延々とレオンハルトに話しかけている。お喋り好きな親子をこの場で説き伏せるのを諦めたらしいレオンハルトは、黙々と食事を摂っていた。

ふと、アンが父に向けてウィンクする。ベルコも同じように娘へ片目を瞑ってみせた。

――なんの合図かしら？

ユリアーナからはテーブル全体がよく見えるため、気になる。

アンはふいに席を立つと、意地の悪そうな笑みを見せながらユリアーナに近づいてきた。

「お食事は美味しくて？　貧乏貴族なら、こんなご馳走は食べたことないんでしょう？」

「ええ、いつもは質素な食生活を送っているの。ラセンの海産物はとても美味しいわ」

「あらそう」

素っ気ない返事をしたアンは視線を巡らせる。彼女がくるりとドレスを翻したとき、床に煌めくものが落ちた。

極上のサファイヤだ。

服に縫い付けられていた宝石が落ちてしまったのだろう。

ユリアーナはいつもそうするように、控えていた召使いを呼んだ。

「誰か、アンさんの落とした宝石を拾ってちょうだい」

すると、席に座りかけていたアンが慌てて戻ってきた。落とした宝石を取りに来たのかと思ったのに、なぜか声をひそめてユリアーナを詰る。

「どうしてポケットに入れないのよ！」

「えっ、どういうこと？」

「あなたは私の落とした宝石を拾って、こっそりポケットに入れるの！　召使いを呼ばないで自分で拾いなさいよ、王女様じゃあるまいし！」

彼女の仕組んだストーリー通りに進行しなかったので憤慨しているらしい。見るとベルコも、汗を掻いて必死にレオンハルトに話しかけ、彼の気を逸らそうとしていた。

アンは「まったく……しょうがないわね」と、ぶつぶつ言いつつ自分で宝石を拾い、ユリアーナのドレスのポケットにねじ込んでくる。

彼女くらい身分の高い人は床に落ちたものを拾い上げることなどしないのだが、今は非常事態のようだ。

一連の作業を終えると、アンは大仰に驚いてみせた。

「まあ、何をするの⁉」

そしてまた、宝石をねじ込んだばかりのユリアーナのポケットを手で探っている。

「この人、私のサファイヤを盗んだわ！　見て、お父様！」

アンの手により取り出されたサファイヤは高く掲げられた。

ひとり芝居というにはお粗末である。一体これはなんの催しなのだろうと、ユリアーナは首を捻る。

ベルコは威勢良くテーブルを叩いて立ち上がった。

「なんということだ、この泥棒猫め！」

泥棒猫はそういうときに使用する言葉ではないと思う。

執事を呼んだベルコは、ユリアーナを捕まえろと命じた。

「衛兵に引き渡しておけ。この女は娘の宝石を盗んだのだ。……だが、あとで迎えをやるかもしれん。預かるのは数時間で良いと言っておけ」

なるほど、とユリアーナは事態を呑み込んだ。

どうやらベルコ親子がレオンハルトを籠絡するために、ユリアーナに席を外させたいらしい。

それならそうと話してくれれば良いものを、泥棒の濡れ衣を着せるとはなんと悪質な

親子だ。

執事に退出させられそうになりどうしようかと考えたが、レオンハルトがユリアーナだけにわかるよう頷いた。

ここはひとまず親子の奸計に乗るという合図だ。

ユリアーナは大人しく部屋を出て、邸の玄関へ向かった。

「衛兵が私の素性を調べたら驚くかもしれないわね」

だが衛兵を呼ぶ必要はなかった。

邸の前に、すでに見知った顔が待機していたのである。

「執事殿。彼女はシャルロワ王国の総督府が責任を持って預かる。ラセンの衛兵の出番はない」

近衛隊長エリクの鋼が通ったような強い声音に、執事はかしこまってユリアーナの身柄を引き渡した。

エリクは鋭い眼差しで周囲を窺い、ユリアーナを庭の木陰に促す。あくまでも礼節を保ちながら。

「王女様！　こんなところで何をしておいでなのです⁉」

そして、驚きも露わに詰め寄ってきた。

けれど、ユリアーナ自身も子爵令嬢に扮して泥棒の濡れ衣を着せられることになるとは、思いもよらなかったのだ。

「お忍びでラセンの視察に来ているのよ。私と一緒にいた金髪の男性はレオンハルト皇帝陛下よ」

「なんと……！　身分の高そうな男だと思いましたが、まさか帝国の皇帝だとは……。それで、おふたりは供の者も連れずに悪名高いベルコの邸で何をなさっているんです？」

「真相を探り、あわよくば不正の証拠を押さえるためよ。でも、ラセンの税金が跳ね上がったのは、ベルコの独断だけではないようね。彼はドメルグ大公と手を組んでいるのではないかと、帝国の総督が話していたわ」

エリクは気まずそうに唇を噛んだ。彼には心当たりがあるらしい。

「シャルロワ王国の総督府では何が起こっているの？　係官は私の知らない人物だったわね」

するとエリクは、突然膝をついた。胸に手を当て、ユリアーナに騎士の礼を執る。

「王女様。どうか、シャルロワ王国へお戻りください」

「どういうこと？　詳しい事情を話してちょうだい」

「王女様がアイヒベルク帝国へ赴いてからというもの、ドメルグ大公が勝手に王女代理を名乗り、自らが王であるかのように振る舞っています。ラセンの増税もそのひとつです。王女派の人間は地方に左遷され、王宮はドメルグ大公の息のかかった者ばかりに成り代わりました。私も近衛隊長を解任されてしまい、今は総督府の護衛官です。このままでは、ドメルグ大公に王座を奪われてしまいます」

ユリアーナが想像していた以上に、王都は深刻な事態に陥っていた。

しかし、ドメルグ大公が好き勝手できるのはユリアーナが不在だからである。五世代の条約がある限り、ドメルグ大公がシャルロワ王国の王になれる日はやってこない。

「シャルロワ王国の王位を継ぐには、直系の血族しかその資格を持たないのよ。ドメルグ大公は王になれないわ」

「それが……大公は五世代の条約を踏みにじるつもりかと。武器の調達と農民の徴兵が行われております。帝国に戦争を仕掛ける準備が進められているのです。国王としてシャルロワ王国を統治するのは己しかいないと、ドメルグ大公は主張しています」

「なんですって？　そんなことは、王女である私が許さないわ」

エリクは深く頭を垂れた。

だからこそ、ユリアーナにシャルロワ王国へ帰還してほしいと懇願する。

もはや猶予は残されていないようだ。

懐妊という結果を待ってはいられない。ユリアーナは王女として、国の安寧（あんねい）を守らなければならないのだ。

彼女は決断した。

「シャルロワ王国に帰還するわ。エリクを近衛（このえ）隊長に再任命し、私の護衛を任せます」

「御意にございます！」

しかし、様々な問題が残っている。

ここは港町ラセンであり、大公の部下ばかりが配属されたシャルロワ王国の総督府は頼りにできない。

今は正体を隠してレオンハルトと視察中なのだ。エリクひとりを伴（ともな）い、すぐに王都へ向かうわけにもいかなかった。

それにラセンの問題も放置できない。

「とりあえず一度帝国に戻りましょう。……その前にベルコ親子に、誰がラセンの統治者なのかわからせてあげなくてはね」

ユリアーナはドレスを翻（ひるがえ）した。

エリクがあとに付き従う。

再び壁に宝石の塗（まぶ）された邸（やしき）へ足を踏み入れると、堂々と戻ってきたユリアーナに召使いたちが驚いた。

「ベルコはどこかしら？　シャルロワ王国の王女ユリアーナが訪ねてきたと伝えてちょうだい」

息を呑んだ執事が、すぐさま奥へ走っていく。ややあって、荒い足音を響かせながらベルコが姿を見せた。

「王女が突然やってくるわけないだろう。おまえは先程の娘ではないか！　衛兵は何をやっているのだ！」

「あら、ベルコ。私が何者ですって？」

訝しげな顔をしたベルコは、優雅に佇むユリアーナをしげしげと眺める。

あっ、と彼は声を上げた。

「ユリアーナ王女様でございますか⁉」

「そうよ。私の顔をすっかり忘れてしまったようね。謁見のときは瞬きもせずに私を凝視していたのにね」

それまでの横柄な態度を翻し、ベルコは平伏した。床に額を擦りつけている。

「忘れたなど、とんでもないことでございます。ただ、ちょっとした手違いがあったようで……いいえ、わたくしめも王女様ではないかと思ってはいたのですが、他人のそら似かと思いまして……」

腰を低くして媚(こ)びるさまは、王女であるユリアーナに見せるいつものベルコだ。薄々気づいていたのなら、もう少し配慮があっても良さそうなものである。

「いいわ、許してあげる。子爵令嬢と嘘をついた私も悪かったわね」

「恐悦至極に存じます。……あのぅ、王女様はなぜ身分を隠して我が邸(やしき)にいらっしゃったのでしょうか？　大公閣下は何も……いえあの、ご連絡いただければ歓待いたしましたのに……」

おどおどと床から目線を上げたベルコは、ユリアーナに直接会うのはまずい事情を抱えていると理解している様子である。

わかっているなら話は早い。

そのとき、廊下の奥からレオンハルトが現れた。彼はユリアーナと平伏するベルコを目にして、優美な笑みを刻む。

「早かったね、ユリアーナ。迎えに行かねばと思っていたところだ」

「あら、レオンハルト。皇帝陛下の手を煩(わずら)わせるほどではないわ」

皇帝陛下と耳にしたベルコは身体を丸めたまま、息を呑んだ。おそるおそるレオンハルトの顔を見ては、また床に額(ひたい)を擦(こす)りつける。

なんとベルコはレオンハルトが皇帝であることも、そうと知らされるまで気づかなかったらしい。

レオンハルトは鷹揚に笑う。

「もう正体を明かしてしまったのか。この状況は中々に面白いから、領主親子の悪行をもっと見たかったのだがね」

レオンハルトのあとを追いかけてきたアンは、ホールで平伏するベルコに目を丸くした。

「お父様!? 何をしていらっしゃるの？ そんな女に頭を下げないでください」

「馬鹿者！ このお方はシャルロワ王国の王女ユリアーナ様だ。そしてこちらはアイヒベルク帝国皇帝レオンハルト様。王女様と皇帝陛下に、おまえが頭を下げるのだ！」

息を呑んだアンは慌てて跪き、父親と同じように平伏する。先程の己の所行を思い出したのか、懐からサファイヤを取り出し、おそるおそる掲げた。

「申し訳ございませんでした、王女様。このサファイヤは、わざと私が落とし王女様のポケットに入れたのです。王女様に罪をなすりつけて、レオンハルト様とふたりきりになろうといたしました。どうか、お許しください」

王女に盗人の濡れ衣を着せるとは、首を刎ねられてもおかしくない所行だ。

アンは震えながら、ユリアーナに捧げるようにして宝石を差し出す。これで許してもらいたいという心の表れなのだろう。

ユリアーナは優しく声をかけた。

「正直に話したことは評価するわ。許しましょう」

「あ……ありがとうございます！　どうぞ、王女様、このサファイヤをお持ちください」

「いいえ。それはアンのものよ。その宝石だけを、この邸から持ち出すことを認めます」

意味を掴みかねて瞬きをするベルコ親子に、レオンハルトが裁定を下す。

「アイヒベルク帝国皇帝として命じる。ラセンの領主、ベルコを解任する」

領主を解任するという命令を下され、ベルコ親子は茫然とした。

「シャルロワ王国の王女としても、同様の命を下します。私たち君主に許可を得ず、勝手に税金を引き上げたばかりか、それを着服したうえ宝石に変えて壁に埋め込むなんて許されない行為だわ。あなたに領主としての資格はありません」

「ユリアーナの言うとおりだ。たった今から、この邸は両国の所有する物件となった。元領主の財産はラセンの街に還元しよう」

「それがいいわね。あなたがた親子は、ドメルグ大公にでも泣きついたらいいわ。もっとも、すべての権限を失ったあなたを大公は相手にしないでしょうけれど」

顔を見合わせたベルコ親子は命令どおり、アンの握りしめたサファイヤのみを持って邸を逃げ出した。まずはシャルロワ王国の総督府へ駆け込むのだろう。

だが二国の君主の前では、総督府はいかなる対応も取ることはできない。

レオンハルトが優雅な仕草でユリアーナに掌を差し出す。

「さて、ラセンの領主は懲らしめた。このあとは街を観光しようではないか」

「いいわね。侍従たちのお小言が待っていそうだけれど」

ユリアーナは急ぎシャルロワ王国に戻らなければならない。

だが、ほんの少しの時間くらいは許されるだろう。最後にレオンハルトとの思い出を作るくらいは……。

ユリアーナは微笑みつつ、レオンハルトの手を取る。

ふたりは豪奢に輝く宝石の館をあとにした。


海からは心地好い潮風が流れてくる。

ラセンの街は活気に溢れていた。

そこかしこに露店が建ち並び、買い物客で賑わっている。広場では大道芸人が曲芸を披露して、道行く人を楽しませていた。

レオンハルトとユリアーナは活気ある港町を眺めつつ、海岸沿いを散策する。

「アンという娘とは何もなかったから安心してくれ。彼女はひたすら独り言を喋っていたよ」

「何かあったなんて心配していないわ」

「それなら良いが。誤解を招く行動は一片も起こさないと私は誓っているからね」

ふたりの後ろには、近衛隊長のエリクと侍従のディートヘルムがぴたりと付き従っていた。領主の邸を出ると、ディートヘルムが当然といわんばかりに待ち構えていたのである。

「シャルロワ王国の暫定近衛隊長エリクです。よろしく」

「俺はアイヒベルク帝国皇帝陛下の侍従ディートヘルムだ。エリク殿も帝国へついてくるのか？」

「いかにも。王女様をお守りするのが近衛隊の役目ですからね」

エリクはドメルグ大公の息のかかった総督府を辞し、ユリアーナに随行することになっていた。ここの組織についてはユリアーナが帰国したあとのことだ。

ラセンの問題は解決できた。帝国へ戻ったあとはレオンハルトに、帰還を告げなければならないだろう。

王女として、シャルロワ王国へ戻らなければならない。

王国を大公の好きにさせてはならないのだ。

ドメルグ大公と決着をつける日が刻々と迫っていることを、ユリアーナは実感した。

――レオンハルトとも、お別れなのね……。

いずれそうなることはわかっていたはずなのに、胸に寂寥感が込み上げる。

「――ごらん、ユリアーナ。綺麗だね」

物憂げなユリアーナの想いを察しているのかどうか、レオンハルトは優しげな声で掌を翳す。

彼が指し示したものは海でも空でもなく、市場だった。

自然ではない、人の手で造り上げたものも、綺麗といえるかもしれない。

レオンハルトは双眸を眇めて、市場とそこで働く人々を眺めている。

「懸命に生きている人々は、とても綺麗だ。そしてその人々が造り上げた世界も、たとえようもなく美しい。私はこの活気と人々の営みを、永久に守っていきたい」

「そうね……。そのとおりだわ」

為政者としてのレオンハルトの見解に、ユリアーナは深く賛同した。

君主は、人々の幸せを守らなければならない。

レオンハルトとは結ばれないであろうけれど、彼とは同じ立場、同じ目線で世界を見ることができるのだ。

それはシャルロワ王国の統治者であるユリアーナが感じることのできる特権。

今日広がる青空みたいな、晴れ晴れしい気持ちで心が満たされる。

――花嫁にはなれなくても、私は彼の想いを理解できるのだわ。

これまでの懊悩(おうのう)が、霧(きり)が晴れるように消えていく。

ふと、ユリアーナはひとつの露店に目を向けた。

そこには硝子細工(ガラスざいく)の動物たちが並べられている。

「まあ、可愛い」

その中のひとつに目が引き寄せられた。

鳥の形をした小さな硝子細工(ガラスざいく)は、青で流麗な色つけがされている。

それはレオンハルトの瞳の色と同じ、紺碧(こんぺき)だった。

ひょいと、ユリアーナが見ていた硝子(ガラス)の鳥が持ち上げられる。

「店主、これをもらおう。いくらだ」

鳥を掲げたレオンハルトが店主に訊(たず)ねた。

「まいど。幸運の青い鳥は十ギニーです」

料金を払おうとしたディートヘルムを制して、レオンハルトは自らの懐から財布を取り出す。

「幸運の青い鳥か。きっと、この鳥が幸運を運んでくれるな」

親指ほどの小さな硝子細工を購入したレオンハルトは、それをユリアーナの掌に載せた。

「え……私に？」

「もちろん。この鳥を見ていただろう？　私はあなたの欲するものを、なんでも与えてあげたいのだよ」

女性が好む小さな硝子細工に、男性であるレオンハルトは興味が持てないだろう。しかも皇帝である彼には取るに足らないものだ。

けれどレオンハルトは素通りせず、ユリアーナが欲しいと思ったものを尊重してくれる。それは彼が、ユリアーナに心を砕いてくれている証だった。

「ありがとう……レオンハルト。大切にするわ」

市場で買い物をして、男の人にプレゼントしてもらうなどという初めての経験に、ユリアーナの胸は弾んだ。

レオンハルトの双眸と同じ色をした小鳥。

この贈り物を生涯大切にしようと心に刻む。

笑顔を見せるユリアーナを、レオンハルトが愛しげに見つめる。彼の黄金の髪を潮風が巻き上げていく。

海鳥が大空に羽ばたいていった。


翌日、バルリング総督により、税金は元の額に引き下げられると発表された。

それはアイヒベルク帝国皇帝と、シャルロワ王国王女双方のサインが記された同意書に基づくもので、両国の君主による正式な決定であるとも告げられる。

同時に領主ベルコの解任も伝えられ、重税に苦しんでいたラセンの人々はその報せを喜んで迎え入れた。

無人となった宝石付きの邸宅は、ひとまず帝国の総督府が預かることになる。近々解体して売却され、ラセンの人々のために還元されるだろう。

シャルロワ王国の総督府は、突然の発表と領主の解任に沈黙を保っている。

ベルコが総督府に泣きを入れたが門前払いされたと、偵察に行ったエリクが報告していた。

王女と大公、どちらに従うべきか、決着がつくまで見守る姿勢なのだ。

ユリアーナは、自分が公務に復帰した際には、総督府に対して然るべき措置を執ろうと決めている。

「あとのことは頼んだぞ、バルリング」

事後処理を終え、総督府の門前で馬車に乗り込もうとしたレオンハルトは、バルリングを振り返る。彼は慇懃な礼で応じた。

「お任せください。またラセンにお立ち寄りの際は、ぜひとも総督府の表門よりお入りくださいませ。いつでもお待ちしております」

「驚かせたことを根に持っているのか。そんなことを言うと、また裏門から入ってやるぞ」

「ご冗談を。裏門は閉鎖しておきましょう」

「まったく、食えないやつだ。次の定期報告を待っている」

「御意にございます」

バルリングに見送られながら、一行はラセンをあとにした。

馬車には無論、ディートヘルムとエリクも同乗している。

さて、アイヒベルク帝国の帝都までは丸一日ほどの行程なので、今夜一晩を宿で過ごすことになった。

「――ラセンの視察は楽しかったな。また近いうちに訪れよう」

「そうね。牢獄に入れられたり、泥棒の濡れ衣を着せられたり、私も新鮮な経験がたくさんできたわ」

問題を解決できたからこその君主ふたりの楽しげな会話に、向かいに座る部下たちは気まずげに視線を彷徨わせる。

レオンハルトの破天荒な行動力には、ユリアーナも驚かされてばかりだ。君主として時には思い切った決断も必要なのだと、再認識した。

やがて陽が暮れて、馬車は森の中にある一軒の宿屋に停まる。

「陛下が泊まれる宿か確認してきますので、こちらでお待ちください」

先に馬車を降りたディートヘルムを、レオンハルトは引き留めた。

「待て。私が皇帝だということを、宿の者に伝える必要はない」

「なぜです。皇帝陛下を、普通の旅人と同じ扱いにさせるわけにはいきません。まずは宿の主人を跪かせて忠誠を誓わせましょう」

「それは不要だ。ここまで民に皇帝だと明かさなかったのだから、最後まで貫こうではないか。我々は帝都へ向かう友人の一行ということにしよう」

「……承知しました」

渋々ながらも、ディートヘルムは承諾した。

馬車を降りた四人は明かりの灯された宿へ入る。

旅人のふりをして宿に泊まるなんて、またしても初めての経験だ。

カウンターの中にいた宿の主人は、にこやかに四人を出迎えた。

「いらっしゃいませ。四名様ですか？」

まずカウンターから主人が出てこないことに驚かされる。通常の旅人を迎えるときは、このような応対なのだ。ユリアーナが地方を訪れるときは、必ず王族の所有する邸に泊まり、勢揃いした召使いたちに挨拶されていた。

「そうだ。四人だ。部屋を用意してくれ」

レオンハルトが直接主人に返答する。

皇帝が宿の主人と直接交渉するという、これもまた考えられない事態。背後に立つディートヘルムとエリクから発せられる、奇妙な緊張感が伝わってくる。

主人は宿帳を捲ると、ざっとユリアーナたち四人に目を配った。

「……女性ひとりに、男性三人ですか。珍しい組み合わせですね」

妙な四人組と思われただろうか。

ディートヘルムとエリクは互いに視線を交わした。双方とも不届き者めと言いたいらしいが、正体は隠すという君主の命令に逆らうわけにはいかない。

「そうだが。何か問題があるか？」

レオンハルトの問いに、主人は大笑いした。

何がおかしいのかわからず、ユリアーナは首を傾げる。

「お嬢さん、もてるねえ。男を三人も手玉に取るとは。そんな細腰で三人も相手できるかい？」

「無礼者！　このお方を……」

たまりかねたエリクが剣柄に手をかけて踏み出したので、ユリアーナは慌てて押し留めた。

宿には他の泊まり客もいるのだ。ここで正体を明かしては余計な騒ぎに発展してしまう。

「そうなのよ。すごいでしょう。もてて困るわ。お部屋は空いているかしら？」

エリクを押さえつつ早口で訊ねた。

男性たちの空気が殺気立ってきたので、早めに部屋に通してもらいたい。

主人は宿帳を差し出し、あっさりと伝える。

「二階の四号室へどうぞ。今夜は残り一部屋しか空いてないから、恋人同士でちょうど良かった」

「っ……」

なんと残り一部屋だったようだ。

主人に乗せられた気がしないでもない。

沈黙で答えた四名は偽の名義で宿帳に記入すると、静かに階段を上がっていった。

宛がわれた部屋には、ベッドがひとつしかなかった。

入室するなり、エリクが扉の前で直立する。

「自分は外にいます。窓の下で見張っていますので、ユリアーナ王女様はごゆるりとお休みください」

ディートヘルムもエリクに追随した。

「俺もだ。陛下と同室で寝るなんてありえませんからね。それでは失礼します」

そこにふと、エリクが言葉を漏らす。

「……ディートヘルム殿。皇帝陛下は、王女様と同衾されるので？」

すぐに不敬に気づいた彼は慌てて口元を押さえた。

ラセンで合流したエリクは、レオンハルトとユリアーナの関係を知らない。

「――まあ、俺たちはふたりで交友を深めよう。寝ずの番は侍従の得意分野だ」

エリクを促したディートヘルムが部屋を出ていく。

先程の主人のからかいといい、淫らな行為を想起させる発言の連続にユリアーナは顔を赤らめる。

一方、レオンハルトはコートを脱ぐと、微苦笑を零した。

「やれやれ。旅人のふりをすると刺激的なことが多いね」

「ええ……そうね」

薄いシャツのみの姿を曝したレオンハルトから、裸体を連想してしまう。

――旅先なのに、私ったら何を考えているの……

宮殿とは違い、部屋はひとつしかない。ここで着替えも行うのだ。

今夜は同じベッドで休むだけ。この場で懐妊指導はないだろう。

ユリアーナも自分でドレスを脱いで、寝支度を調えなければならない。総督府には女性の召使いがいたので手伝ってもらえたが、今は旅人なのだ。

幸い、部屋の隅に衝立がある。この向こうでドレスを脱げばいい。

ところが、ユリアーナが衝立の向こう側に入ろうとすると、腕を引かれた。

「きゃ……」

「どこへ行くんだい？」

レオンハルトの強靱な胸の中に捕らわれてしまう。

彼の熱い体温に、ユリアーナの鼓動はとくりと跳ね上がった。

「どこにも行かないわ。衝立の向こうで着替えようと思っただけよ」

「それはいけない。夫は妻の美しい肌を常に見ていたいのだから」

――あ……懐妊指導は始まっているのだわ。

閨の中では、ふたりだけの決め事がある。

それは皇帝と王女という互いの立場を忘れ、夫婦として接すること。

気持ちを高めることが懐妊に繋がるとレオンハルトは説いていた。

ユリアーナのほうは羞恥があって未だにだんなさま、あなた、と呼ぶのは躊躇われるけれど……。

たとえ、ままごとでもいい。

レオンハルトの妻として抱き合いたい。

ユリアーナの纏うドレスの紐をそっと解いたレオンハルトに、小さな声で呼びかけた。

「抱いてください……だんなさま」

ぴくりとレオンハルトの手が止まる。

口元に笑みを刷いた彼は、獰猛な光を紺碧の双眸に宿した。

「可愛い妻だ。そんな声で呼ばれたら、我慢できなくなる」

するりと床にドレスが落ちる。

跪いたレオンハルトの手によりドロワーズも脱がされ、下肢が曝された。

ひとつひとつの衣服を剥ぎ取られていくたびに、夫から愛される期待で、ユリアーナの胸が高鳴る。

レオンハルトはなぜかコルセットは外さず、彼女の頬にくちづけした。コルセットだけを纏うという恥ずかしい格好のまま、唇が重なる。

──こんな格好で……恥ずかしい……。

口腔で激しく絡み合う舌が淫らな水音を奏でていた。

いつもとは異なる格好、そして違うベッド。

それはひどく淫猥な気分を呼び起こす。

じわりと花襞が濡れる感触に、ユリアーナは膝を擦り合わせた。

──うそ……もう……？

くちづけだけで、濡れてしまったのだろうか。

濃密なくちづけを交わしたふたりの唇は銀糸で繋がれていた。

シャツとトラウザーズを脱ぎ捨てたレオンハルトが、一糸纏わぬ裸体になる。

「どうしたんだい？　寒い？」

意味ありげな双眸で訊ねる彼は、膝を擦り合わせているユリアーナがどういう状態なのかわかっているはずだ。

キスだけで濡れてしまったとは言えず、ユリアーナは頬を火照らせ視線を逸らした。

「ええ……この格好は少し……寒いわ」

「では、温めてあげよう」

そう言って足元に跪いたレオンハルトが眼前にある銀色の茂みに鼻先を擦りつける。

「きゃ……！」

初めての刺激に、ユリアーナは思わず腰を引きかけたが、強靱な腕が腰に回されているので叶わない。レオンハルトはまるで下僕か犬がそうするみたいに、茂みにいっそう鼻先を埋めた。

そして濡れた舌を差し出し、茂みの奥にある花芽を探り当てる。足は閉じているのに、獰猛な舌に花芽を掬い出され、ぬるぬると舐め上げられてしまった。

「あぁ……っ、あんん……こんな……だめぇ……」

甘い喜悦を与えられ、がくがくと腰が前後に揺れる。

そうすると、もっととねだっていると思わせる仕草でレオンハルトの顔に腰が突き出された。そのときを待ちかねていたかのように、花芽を覆った男の唇が、じゅるりと柔らかな襞ごと吸い上げる。

「ひぁぁあ……っ、あっ、あっ、あっ、あん——……っ」

身体の芯を引き抜かれるのにも似た強烈な快感に喉を仰け反らせ、ユリアーナは立ったまま絶頂へ達する。

ごぷりと、蜜壺から愛液が溢れた。

震える腰はなお、レオンハルトにきつく抱かれている。

「あぁ……あ、レオンハルト……こんなこと……」

「刺激的だろう？　たくさんの蜜が出たね」

「んん……皇帝のあなたに犬みたいな格好をさせるなんて……いけないわ」

「おや。今の私は皇帝ではないだろう。あなたの夫だよ」

彼はまだ敏感な肉芽に舌を這わせている。

達したばかりの身体は甘い疼きに浸された。

「そうだけれど……」

「ベッドの中では夫婦だ。時には私を犬みたいに従えて、馬みたいに乗りこなしても良いんだよ」

腰を抱かれたまま、ふたりでベッドに沈む。

膝頭にひとつくちづけを落としたレオンハルトは、ユリアーナの脇に身体を横たえた。

「今夜は騎乗位を試してみようか」

「騎乗位……どういう体位かしら？」

「騎乗位とは、文字通り馬に乗る形の体位だ。仰向けに寝ている男性の身体を女性が跨ぐのだよ」

「え……跨ぐ……？」

ベッドに仰臥したレオンハルトは、その身体を跨がせるようにユリアーナの足を導いた。彼の男根は、隆々と天を穿っている。

ユリアーナは生々しい光景に目を見開いた。

ここに腰を落として挿入しろということなのだろうか。

夜の庭園でベンチに座っているレオンハルトに跨がったことはあるけれど、あのときはドレスに隠されていたので局部は見えていなかった。

隠す布のない姿で足を開き、自ら雄芯を秘所に挿入するだなんて、想像しただけでとてつもない羞恥に見舞われる。この体勢では、レオンハルトから繋がる部分が丸見えだ。

「あの……それだと……全部見えちゃうわ……」

レオンハルトの逞しい腿を跨いだ姿勢で、どうにか口にする。目の前には張り詰めている楔があった。

悠々と寝そべっているレオンハルトは、口元に笑みを乗せる。

「そうだよ。刺激的な光景を目にすることも、官能を掻き立てるための大切な要素だ。それに……音もね」

伸ばした彼の指先が、足の狭間の淫唇を探った。

愛撫でずぶ濡れになっているそこは、クチュクチュと淫らな音色を響かせる。

「あっ……あぁ……」

「淫らな唇だ。こんなに濡らして」

「それは……レオンハルトが……」

「そうとも。私のせいだ。もっと濡らしてあげるから、私の楔を掌で擦ってくれるかい？」

「あぁ……こうかしら？」

ユリアーナは腹まで反り返っているレオンハルトの肉棒を両手で包み込む。まるで火傷しそうなほどに熱い雄の徴は、そっと握っただけで、ぴくりと反応を返した。

レオンハルトは熱の帯びた双眸で空いたほうの手を伸ばし、コルセットをずらす。窮屈なコルセットに包まれていた双丘がまろび出た。

「そう、いいよ。そのまま上下に擦ってごらん。腰を揺らしながらね」

言われたとおり、ユリアーナはリズムをつけて身体を上下に振りながら手を動かす。

そうすると、男の手の中で乳房がゆさゆさと揺れ、淫裂を辿る指先がぬるぬると滑る。

灼熱の肉棒から伝わる熱さが、身体の奥に潜んでいた官能を抉り出し、焦がしていく。

まるで自分から快楽を貪るような行為に溺れたユリアーナは、淫らに腰をくねらせた。

「あ……あぁ……はぁん……」

愉悦の波が広がり、甘い痺れが全身を駆け巡る。

零れる愛液を花襞に塗り込めていた指はぬめりを得て、蜜壺の中に侵入してきた。

ずぷんと突き入れられた蜜壺はおねだりをするみたいに、きゅうと男の指を食いしめる。

「あっ……はぁ……あぅん」

レオンハルトの長い指は巧みに蜜壺を出入りした。彼は淫唇の入り口をなぞり上げ、親指で芽を優しく弄る。

そうしてまた、ずぷりと花筒へ挿入した。さらに乳首まで、きゅうと抓み愛撫する。

身体の至るところに与えられる快感がたまらない。ユリアーナの中から愛液がどぷりと溢れた。

「はぁ、あ、レオンハルト、もう……」

「どうしたんだい？」

わかっているくせに、レオンハルトは口端を引き上げて悪い男の笑みを見せる。

腰の奥が切なく疼き、さらに太いものを求めて、蜜壺がたらたらと愛液を滴らせた。

ゆさゆさと胸を揺らして腰を振りつつ、ユリアーナは甘い声でねだる。

「もう、挿れてぇ……」

「では、あなたの馬に乗ってごらん。腰を上げて」

両手で胴を支えられ、腰を浮かせる。

ごくんと息を呑んだユリアーナは、自らの秘所に熱棒の先端を宛がった。

熱いものが濡れた花唇を広げる。

そのまま腰を落とすと、圧倒的な質量が身体を貫いた。

「あ、あっ……あああぁあんっ……」

「素晴らしい眺めだ……。あなたの花壺が美味しそうに、私の楔を呑み込んでいくよ」

自重に沈んだ細腰は、ずぶずぶと雄を咥え込む。

ずっぷりと熱杭を収めきった腰が震えた。

——ああ……すべて、呑み込んでいる。

浅く息を継いだユリアーナは、潤んだ瞳で仰臥したレオンハルトを見下ろす。

いつもとは異なる光景に興奮が掻き立てられた。

「すごいわ……レオンハルト……。なんて景色なのかしら」

きゅうと蜜壺が雄芯を引き絞る。

するとレオンハルトが、くっと眉根を寄せた。

「さあ、乗馬の始まりだ。ゆっくり腰を振って」

腰に添えた掌で、ゆるりと揺すられる。蜜壺に収めた楔が花襞を擦り上げた。

「あ……あぁ……いい……きもちい……」

ゆさゆさと、馬に見立てた男の腹の上で身体が揺れる。

奥の子宮口を鋭く穿たれるたまらない快感に、ユリアーナは喉元を仰け反らせた。

この体勢は結合が深く、自分の好きなところに当てることができる。

最高の乗馬に、夢中で腰を振り立てた。

ズッチュ、ズチュズッチュ、グチュッ……

淫靡な音色を奏でながら、自ら男根を抽挿させる。

腰を支えていた掌が這い上がり、揺れる乳房を大きな掌が揉みしだいた。

「あっ、あっ、そんなに、したら……」

きゅ、と両の乳首を指先で抓まれる。鋭い快楽が背筋を駆け抜けて、蜜壺がきゅうきゅうと楔を食いしめた。

腰の動きは止まらない。

快楽の果てを求めて、欲しがりな媚肉は楔を貪り続ける。

「いいよ。最高の眺めだ。淫らなあなたは美しい」

ぐい、と腰を突き上げられて、凶暴な熱杭が奥の口に接吻する。熱い先端は子種を呑ませようと、感じるところを擦り続けた。

幾度もそこを突かれ、足の爪先にまで甘い痺れが浸透していく。

「あぁぁあん、あっ、あん……いく……いっちゃう……」

絶頂の予感に、ぶるぶると太腿が震える。

きつく背を撓らせたユリアーナは、無意識に腰を押しつけた。

男の精を迎え入れるため。そして、孕むために――

低く呻いたレオンハルトが胴震いする。

熱い精が先端から迸り、奥の口から子宮に注がれていった。

「あっ……あ、ぁ……あぁん……」

ユリアーナの瞼の裏が白く染め上げられる。

力尽き頽れた身体を、逞しい腕が受け止めてくれた。

ふたりの熱い吐息が混じり合う。

しっとりした身体が重ねられ、同じリズムを刻む鼓動が心地好い。

「とても上手だったよ。美味しく精を呑めるようになったね」

優しい仕草で銀髪を梳かれ、甘い呼気が鼓膜を撫でる。

陶然としたユリアーナは、ほうと息を吐いた。

「美味しい……あなたの精は美味しいの……」

うわごとみたいに繰り返す。

レオンハルトの精を身体に受けるたびに、ひとりの女性として成熟していく気がする。

愛されている、証。

それはたとえようもない幸福だった。

「では、濃厚な精をもう一度あげよう。さあ、私の上で踊ってごらん」

「あっ、そんな……あっ、あ……あはぁ……」

全く力を失っていない逞しい雄芯が、ずぶ濡れの蜜壺を擦り立て、愛液と精を淫らに攪拌して、さらなる愉悦を生み出す。

星の煌めきが朝陽に溶けてなくなるまで、ユリアーナは甘い喘ぎを零し続けていた。

第六章　秘密の水部屋

ラセンのお忍びの視察を終えた一行は、アイヒベルク帝国へ帰還した。

ユリアーナの無事の戻りを、ロラは涙を浮かべて喜んでくれる。

侍女も連れずに視察へ向かったユリアーナを思い、食事も喉を通らなかったそうだ。

視察というには刺激的な内容であった事の詳細を話せば、ロラは卒倒してしまいかねない。ユリアーナはエリクと合流したことだけを手短に伝えた。

そして、ロラの淹れてくれた紅茶を久しぶりに味わいながら、今後のことを考える。

一刻も早く、シャルロワ王国に戻らなければならない。

このまま帝国に滞在していては、ドメルグ大公が王国を破滅に導いてしまう。戦争の勃発は四世代目の君主として、なんとしても阻まなければ。

――私はひとりの女である前に、君主なのだから。

決意を固めたユリアーナは公式の話し合いをするため、皇帝への謁見を願い出た。

だがラセンの事後処理で多忙だというレオンハルトは、謁見の前に話の内容を聞きたいと言い、ユリアーナは執務室に案内される。

レオンハルトには、エリクから聞かされたシャルロワ王国の内情について未だに話していない。帰れと言われても、帰るなと止められても、どちらにしろ胸が痛むことに変わりはないからだ。

ユリアーナは悩ましい思いを抱えて、皇帝の執務室を訪ねた。

召使いの手により執務室の扉が開け放たれる。だがそこにレオンハルトの姿はなかった。マホガニー製の重厚な執務机は無人だ。

「レオンハルト……?」

「ユリアーナ、こちらだ」

レオンハルトの呼び声が耳に届いた。

辺りを見回すと、書棚の一角が不自然に傾いているのが目に入る。ユリアーナは、近づいて見てみた。どうやら可動式の書棚として造られているようだ。

わずかに空いた隙間の向こうからは、水の香りが流れてくる。

彼は、書棚の向こう側にある空間にいるらしい。

その証に、書棚の裏側から声をかけられる。

「秘密の書棚を動かしてごらん」

「こう……かしら？」

棚を押してみると、ごとりと音が鳴る。扉のように開いたそこに、人ひとりが通れそうな通路が出現した。

隠し通路だ。

外敵が城に攻め入ったときのために、皇族が脱出する用に隠し通路が造られているのである。

ユリアーナが暗い通路を進んでいくと、そこは宮殿の裏手ではなかった。

眼前に現れた光景に、彼女は思わず声を上げる。

「まあ……！」

溢れる新緑。弾ける水滴。

緻密に張り巡らされた足元の水路には透明な水が流れている。見上げるほど高い石壁からは細い滝のごとく水が流れ落ちていた。

樹木から伸びた葉に撥ねた水が散り、虹の橋がアーチを描いている。

宮殿の内部に造られた秘密の水部屋に、ユリアーナは心を躍らせた。

中央に設えられた白亜の東屋から、レオンハルトがこちらを手招いている。

「ここは私の第二の執務室だよ。室内に籠もってばかりでは気が滅入るんでね。気分転換をしたいときに訪れるんだ」

「すごいわ……宮殿の中にこんな場所があるなんて」

ユリアーナは細い石畳を進み、東屋へ辿り着く。手を差し伸べてくれたレオンハルトに掌を預けると、身体ごと引き寄せられた。

東屋には机と椅子が置かれ、机上には書きかけの書類がある。ここで執務を行えるようだ。

「皇帝は時々煙みたいに消えると、召使いたちには噂されている。この水部屋は私とユリアーナだけの秘密だよ」

片目を瞑り、悪戯めいた表情を投げるレオンハルトが眩しい。

ユリアーナの顔に、つい笑みが零れる。

——好きだわ。レオンハルトが好き。

恋情があとからあとから、泉のように胸の裡に湧いて出た。

初恋は、いつまでも色褪せない。

今この瞬間も、こんなにも彼のことが愛しくてたまらない。

アイヒベルク帝国を訪れてからというもの、レオンハルトの様々な面を知った。賢明な皇帝としての顔、そして自分を溺愛してくれる男としての顔。

毎晩寝台で、ときには月光の下の薔薇園で、深く繋がり愛し合った。

それは懐妊指導という名目ではあったけれど、レオンハルトはユリアーナだけを見つめて愛を囁き、何度もくちづけしてくれたのだ。貴族の令嬢たちとのダンスを断り、他の誰も娶らないと、誠実な心を示してもくれた。

でも、その幸福なひととときは、もうすぐ終わりを迎える。

ユリアーナの口から、『レオンハルトのもとを去ります』と、告げなくてはならない。

彼と別れなければならないのかと思うと、胸が塞ぎ苦しさを覚える。

つん、と鼻の奥が痛み、ユリアーナは奥歯を噛みしめた。

泣いたりしてはいけない。私は、王女なのだから。

ユリアーナの何かを堪えるみたいな表情を見つめていたレオンハルトは、彼女の手を取って長椅子へ導いた。柔らかなクッションの置かれた長椅子に、ふたりは隣り合って腰を下ろす。

「私に話があるんだろう？　さあ、話してごらん。私の人魚姫」

微かな水音だけが流れる部屋で、心を決めたユリアーナは紺碧の双眸を見上げた。

「私はシャルロワ王国へ帰ります」

レオンハルトは驚いた顔はしなかった。ある程度、予想していたのだろう。

「王国の状況は深刻なようだね」

「ええ。エリクの報告によると、ドメルグ大公は勝手に王女代理を名乗り、戦争の用意を進めているらしいの。五世代の条約を破棄して王位を乗っ取るつもりだわ。このままにしてはおけない。私は君主として、戦争を止めなければならないわ」

「しかし、ユリアーナが王国内へ戻れば大公に拘束されるかもしれない。身の安全と引き換えに、意に添わない契約を結ばされることも考えられる」

ドメルグ大公が無理やり王位を譲れと迫ることを、レオンハルトは危惧（きぐ）している。

だが、たとえその危険があったとしても、ユリアーナがこのまま帝国に留まることは事態を悪化させることにほかならない。

大公の増長を止められるのはやはり、君主である自分しかいないのだ。

「私は君主として、自分の身の安全よりも王国の未来を優先させなければならないわ。私に何かあったときは、レオンハルトが平和裏にシャルロワ王国をアイヒベルク帝国に併合して統治してくださいませんか？　どうか王国の民を救ってください」

「ユリアーナ……」

必死の訴えに、レオンハルトは切なげに双眸（そうぼう）を眇（すが）めた。

ドメルグ大公が宣戦布告を行うなら、帝国側も武力をもって対処せざるを得ないだろう。

大国のアイヒベルク帝国に、小国のシャルロワ王国が敵うはずがない。なぜ、ドメルグ大公にはそれがわからないのか。

彼の目的は帝国の打倒ではなく、ただ五世代の条約を破棄させ自分の統治を確立させることであるはずなのに。

無謀な野心に振り回され、尊い国民の命が犠牲になる。そんなことはユリアーナには耐えられない。

「あなたの君主としての想いは伝わった。戦争に国民を巻き込むことは絶対に避けなければならないと、私も同様に考えている。……ドメルグ大公を説き伏せなければ、この問題は決着を迎えられないようだね」

「お願い、帝国側の挙兵は踏み止まってください。私が叔父であるドメルグ大公を説得するわ」

レオンハルトは眉を下げて、口端を引き上げる。そんな困ったような笑い方も端麗な容貌(ようぼう)によく似合っていた。

「そんなにシャルロワ王国へ帰りたい？」

「ええ、もちろんよ」

「それは君主としての考えだろう。ユリアーナ自身はどうなんだい？」

「私自身……？」

「そうだよ。あなたの女としての心は、私という男から離れたいのかな」

問われたユリアーナだが、自らの心に訊ねてみるまでもなかった。女として、レオンハルトから離れたいわけがない。

ずっと一緒にいたい。朝も昼も、そして夜も愛しい男と繋がっていたい。

自分の立場を考えなければ、今すぐにでもレオンハルトの胸に飛び込んで、あなたの花嫁にしてくださいと懇願したいのだ。

けれど、できない。

レオンハルトもわかっているはずなのに。

そんなことを訊ねられれば、余計に別れという現実を意識してしまい、切なさが込み上げる。

ユリアーナは目を伏せた。

「離れたくないわ……。でも、仕方がないの……」

「私も、あなたを離したくないんだよ」

そっと両手を掬い上げられ、レオンハルトの胸に当てられる。

ユリアーナは真摯な紺碧の双眸に射抜かれた。その瞳の奥は、切なさに揺れている。

彼も、同じ気持ちなのだ。

レオンハルトは、ユリアーナに恋心を抱いてくれている。

長年培った想いが通じただけで、充分だ。

「困らせないで、レオンハルト……。私は王女として、シャルロワ王国へ戻らなくてはならないわ」

「わかっているよ。そんなあなただから、好きになった」

「私も……レオンハルトが好き。懐妊指導をしてくれて、ありがとう。とても充実した日々だったわ」

子を孕むことはなかったが、レオンハルトと愛し合えたことは一生忘れられない思い出だ。生涯独身を貫くことになっても、愛する男と性愛を育めたこの思い出があれば、ユリアーナは女性として輝かしく生きていける。

笑みを浮かべるユリアーナの頤を、ふいに長い指が掬い上げた。レオンハルトの紺碧の双眸が熱を帯びている。

「まだ、終わっていないよ。最後まで指導を受けてくれ。今、ここであなたを抱きたい」

ユリアーナの頬が、かぁっと火照る。

昼間、身体を繋げるのは初めてではないものの、羞恥が湧き立ってしまう。

けれどユリアーナの心と身体は、レオンハルトを求めていた。

これが、最後だから……。

王国へ帰還すれば、もう二度と会うことが叶わないかもしれない。再会したとしても、そのときは一国の君主同士として挨拶を交わさなければならないのだ。

レオンハルトの逞しい胸に抱かれるのは、最後になる。

「私も……レオンハルトに抱かれたい」

彼のくちづけも抱擁も、情熱的な愛撫も、すべて覚えておきたかった。

するとすぐに、レオンハルトの力強い腕に引き寄せられる。逞しい彼の身体に強く抱き竦められた。

強靱な胸に顔を埋め、愛しい男の香りを胸いっぱいに吸い込む。背に腕を回して、レオンハルトの感触を忘れないよう自らの身体に刻みつけた。

精悍な顔が傾けられ、雄々しい唇が降りてくる。

ユリアーナはそっと瞼を閉じた。

ふたりは神聖なくちづけを交わす。

耳に届くのは水のせせらぎ。

唇には、愛しい人の柔らかな感触。

レオンハルトの熱い腕に包まれて、至上のくちづけを味わう。

接吻を交わしているだけで、愛撫に慣れたユリアーナの身体は疼きをもたらす。

やがて、触れたときと同じ優しさで唇が離れる。ユリアーナは濡れた瞳を瞬かせて、紺碧の双眸を見上げた。

吸い込まれそうなこの瞳の色を、永遠に忘れませんようにと願いを込めて見つめる。

「レオンハルト。私も、あなたを気持ち良くしてあげたい」

レオンハルトはいつも前戯を施すとき、身体中にキスをして、掌で優しく触れ、肉芽を唇と舌で愛撫してくれる。

女性が前戯をされるのはそういうものなのだと思い込んでいたが、よく考えると男性だって愛撫されたら気持ち良いだろう。

愛されるのと同じ深さで愛したい。

――レオンハルトにも気持ち良くなってほしい。

普段なら恥ずかしくて口にできないことでも、最後だと思えば大胆になれる。

瞳を輝かせるユリアーナに、レオンハルトは濃い笑みを見せた。

「では、特別な懐妊指導を行おう。私のを咥えて、しゃぶってみてくれ」

具体的に述べられて、ユリアーナの頬に朱が差す。

毎夜自分のお腹に挿入されている男根を、今日はしゃぶるのだ。

宿に泊まった夜、両手で楔を擦り上げたことはあるけれど、口で愛撫したことは一度もない。

あまりの淫らさに、想像しただけで胸が熱くなる。

ユリアーナは、こくりと喉を鳴らして頷いた。

「わかった……。やってみるわ」

レオンハルトの逞しい雄芯を、しゃぶってみたい。

愛の営みのすべてを習得したとはまだまだ言えないだろうけれど、せめて最後は彼を気持ち良くさせて、満足してもらいたいから。

ユリアーナはそっとレオンハルトの足元に跪いた。ドレスの裾が、床にふわりと広がる。

「その白い指で……取り出してごらん」

椅子に座るレオンハルトは大きく足を開いた。ユリアーナは彼の足の間に、身体を割り込ませる。

その体勢だけでもう、ユリアーナの身体は熱を帯びた。トラウザーズに包まれた雄の中心に、おずおずと手を伸ばす。

――まだこんなに明るいのに、淫靡な秘儀に溺れるなんて。

秘密の部屋とはいえ、吹き抜けの天井からは燦々とした陽光が降り注いでいる。それなのに東屋の中で秘め事を行おうとしているのだ。

その背徳感がいっそう身体を昂ぶらせていく。

上目遣いでレオンハルトを窺うと、彼は興奮に上気していた。

――レオンハルトが期待してくれている。

ユリアーナはそっとトラウザーズの前立てに手を差し入れると、熱くて質量を持つものに触れた。

「あ……あつい……」

取り出した男根はすでに漲り、天を穿っている。

明るいところで間近にこれを見るのは初めてだ。硬くて、まるで火みたいに熱い。脈打つ肉棒の先端が特に太くて張りがある。

こんなにも大きなものが、毎晩自分の身体の中に入っているなんて信じられない。

「その花のような唇で、触れてみてくれ」

「こ、こうかしら……？」

膨らんだ先端に唇を押し当ててみると、火傷しそうなほどの熱さが唇に馴染んでいった。

——私は今、レオンハルトの大切な中心にくちづけているんだわ……

たまらない愛しさが駆け巡り、胸に迫り上がる。ユリアーナは猛った肉棒に、そっと舌先を這わせてみた。

「っく……」

苦しげに呻いた彼が眉根を寄せる。

「レオンハルト……苦しいの？」

「いや……気持ち良いんだ。もっと、してくれ」

ユリアーナは紅い舌を差し出した。つう、と上から下へ向かって裏筋を辿る。柔らかな双果を唇に含み、やわやわと転がすと、頭上から淡い吐息が零れた。

それからまた先端へ向けて舐め上げる。レオンハルトの口から堪えきれないような呻き声が漏れた。

気持ち良くなってくれているのだ。

嬉しくなったユリアーナは大胆に口を大きく開けて、肉棒を呑み込む。

「ああ……ユリアーナ……なんてことを……」

甘く掠れた声が降り、褒美なのか銀髪を大きな掌で撫でられる。子猫を撫でるみたいな優しい仕草に、いっそうレオンハルトへの愛情が高まっていった。

ユリアーナは口腔に含んだ雄芯に舌を絡め、唇で扱き上げる。

大きすぎてすべてを咥えることはできないが、根元を両手で挟んで撫で上げた。アイスキャンディを舐める要領でまったりと、けれど執拗に愛撫する。

じゅっと先端をきつく吸い上げた途端に、レオンハルトが切迫した声を上げた。

「うっ……、すごいな、私をこんなに追い詰めてしまうなんて。ユリアーナは才能がある。だが、頼むからここまでにしてくれ」

やんわりと肩を掴んで雄芯から引き剥がす。

——もっとレオンハルトを愛撫したいのに。

ユリアーナは名残惜しく離れた。紅い舌から楔の先端まで繋がれた銀糸が、つうと滴る。

「どうして……？　私の口の中に精を放ってもいいのよ？」

「あなたという人は……。それはとても魅力的な申し出だが、口に放っても懐妊しないからね。最後にはあなたの蜜壺の奥に放ちたい」

ユリアーナを立ち上がらせたレオンハルトが、彼女の身体の向きを変えさせる。ユリアーナは机に手をつき、彼に尻を向けるような格好になった。

「もっと腰を突き出して。そう……いいね」

ドレスの裾を捲り上げたレオンハルトは、ドロワーズを引き下げる。剥き出しの白い尻が、外気に曝された。

「あ……あぁっ⁉」

そのまま後ろから挿入されるのかとユリアーナは思っていたが、ぬるりとした感触に花襞をなぞられる。

振り返ると、屈んだレオンハルトの金髪が足の狭間で揺れていた。彼は尻を両手で割り開き、花襞に唇をつけている。

「ああ……レオンハルト、いけないわ。こんな格好で……」

「渇いた私の身体は愛しい人の花蜜を欲しているのだよ。どうか瑞々しい蜜を恵んでくれないか」

ぐうっと熱く濡れたものが花襞を掻き分けて、蜜壺に挿入された。意思を持ったそれは、ぬるついた蜜壁を擦り上げ抜き差しを繰り返す。

「ひぁっ……あっ、あっ、あぁあん……」

レオンハルトの雄々しい舌が、チュクチュクと蜜口を蕩かしていく。いやらしい水音が尻の狭間で奏でられていた。

たまらない快感と背徳感に煽られて、ユリアーナはきつく背を撓らせる。

溢れる愛蜜をじゅるりと啜り上げられるたび、もっとというように腰が揺らめいてしまう。

「いやらしい王女はとてつもなく甘美な蜜を零す。ここに私のを埋め込んで擦り立てれば、さらに快楽の雨を降らせるだろう」

「あぁ……もう、もう挿れて……おねがい、レオンハルト、ほしいの……」

悦楽に溺れた身体は淫らに雄をねだる。

甘い懇願に満足したレオンハルトが腰を掴み、ぐっと逞しい雄芯を押し当てた。ずぶ濡れの花襞を極太の切っ先が掻き分ける。

ずちゅんと水音を上げ、肉棒がぬるついた蜜壺へ沈められていった。

「あぁあああ……あぁ、はぁん……いい……すごい、いいの……」

すべてを収めたレオンハルトは、背後で身体を倒す。きつく抱きしめられたユリアーナの揺れる胸の膨らみは、大きな掌で揉みしだかれた。

甘い刺激が連動し、雄を咥えた蜜壺がきゅうと引きしまる。

「あっん……あぁ……」

ひとりでに腰が揺れた。

ドレスに包まれた双丘は大きく揉まれ、律動が刻まれる。

初めは、ゆっくりと、深く。

それから次第に速く、激しくなる。

ズチュズチュズッチュ……ズッズッズチュ……

濡れた媚肉は、出し挿れされる楔に縋りつこうときゅうと絡む。

ユリアーナは今までに感じたことのない最高の快楽に見舞われた。貫かれて揺さぶられながら、口端から唾液を零す。

「あっ、あっ、あぅん、ぁ、あぁん、あっ、あ、あんっ」

ひとりの雌として雄芯を堪能し、快楽を貪る。

すべてを忘れて、高い嬌声を迸らせた。

これが最後という気持ちが、レオンハルトへの愛情を最高潮に高まらせたのかもしれない。

昂ぶる想いが濃密に絡み合う。

互いを求め合うことだけを欲して、ふたりは快楽に溺れた。

それこそが懐妊指導の真髄だったのだと、ユリアーナは激しい悦楽に揉まれながら知る。

ぱんぱんと腰を打ちつける音が東屋に鳴り響いていた。

逞しい楔で激しく穿たれ抉るように腰を回されるたびに、嬌声が喉元から迸って、止まらない。

「あぁあん、はぁ……あん、あっ、いい、うしろ、きもちいい……あっ、あっあ……」

「奥で、出すよ。孕ませてあげよう」

ぐっぐっと子宮口を突かれ、硬い先端で捏ね回される。

甘い痺れが身体中に広がっていく。

絶頂を予感して、ユリアーナの腿が小刻みに震えた。

「あ、あぁ……だして、いっぱい……孕ませてぇ……」

びゅく、と熱い白濁が先端から走る。

子宮へ注がれる子種のすべてを、ユリアーナは身体の奥深くで呑み干した。

「あぁん……赤ちゃん、できちゃう……」

机に突っ伏して、はぁはぁと荒い呼吸を繰り返す。

最後の一滴まで呑み込ませるかのように、覆い被さったレオンハルトが腰を小刻みに押しつけた。まだ甘い痺れの巡る身体をぎゅっと抱きしめ、やわやわと乳房を揉み込む。

「最高だ……。でもまだ足りないな。もう一度、濃厚な精を注いであげよう」

そして、絶頂の余韻も冷め切らないうちに、再び硬い雄芯で蜜壺を突き上げた。

グチュグチュと音を立てつつ、蜜口は美味しそうに楔をしゃぶる。絡み合ったふたりの愛液が零れていった。

「あっ、あっん、また、いっちゃう……」

「いっていいんだよ。何度でも」

ずんずんと逞しい抽挿が送り込まれる。

濡れた媚肉は幾度も撫で上げられ、感じる奥の口を突く。

甘い嬌声と淫靡な水音は、長い間、秘密の水部屋に響いていたのだった。

第七章　王女の結婚

馬車から見える景色が、なぜか色褪(いろあ)せているように感じた。

来たときと変わらないはずなのに、なぜだろう。

ユリアーナは物憂(ものう)く嘆息する。

アイヒベルク帝国を出立して二日が経っていた。

そろそろシャルロワ王国の領地に入る頃だ。祖国へ帰還できるというのに、胸は重苦しく痞(つか)えていた。

「ユリアーナさま、ご覧ください。渓谷が見えてまいりました。あそこを越えればシャルロワ王国ですわ。懐かしく感じてしまいますね」

ユリアーナの憂(うれ)い顔に気づいたらしいロラが、明るい声をかける。

曖昧(あいまい)に頷(うなず)いたユリアーナは、掌(てのひら)に載せた硝子細工(ガラスざいく)の小鳥を見つめた。

ラセンの露店でレオンハルトが買ってくれた、幸運の青い鳥――唯一の宝物を、何度も眺めてしまう。

舞踏会で身につけたダイヤモンドの首飾りは返却したので、ここにはなかった。

プレゼントとして贈られたものではあるが、レオンハルトの妃になる資格のないユリアーナがあの首飾りを頂戴するわけにはいかない。

出立するときに直接返そうと思ったのに、レオンハルトは公務があるので見送れないとのことだった。仕方ないので侍女頭に、皇帝へ返してもらうよう頼んでいる。

舞踏会でお揃いのダイヤモンドを身につけレオンハルトの隣に並び立てたのは、大切な思い出だ。今後も忘れることはないだろう。

最後に一目だけでも会いたかったけれど、レオンハルトの顔を見たら涙が零れてしまうとわかっているので、これで良かったのかもしれない。

初めから結ばれないとわかっていたはずなのに、切なくて胸が引き絞られる。どうしても哀しみが去っていかない。

幾度目かの溜息を零すユリアーナを、ロラが気遣わしげに覗き込んできた。

「お元気を出してくださいな。ユリアーナさまは必ず幸せなご結婚をなさいます。お子さまもたくさんお生まれになります。このロラには、わかりますとも。ユリアーナさまがお生まれになったときに、そう直感したのですから」

「ありがとう、ロラ。私は平気よ」

ロラの励ましに笑顔を向ける。

レオンハルトとの蜜月は何物にも代えられず、彼以外の誰とも結ばれようとは思わない。脳裏はレオンハルトの面影が占めていて、離れなかった。

懐妊指導として彼と身体を重ねた濃密な日々は、忘れがたい甘い疼きを残している。

ユリアーナはレオンハルトを、深く愛してしまった。

きっともう、他の誰をも愛することはできないだろう。

けれど報われないこの想いは、渓谷を渡れば葬り去るしかない。

シャルロワ王国の君主として、責務を果たさなければならないのだから。

――いつまでも落ち込んでいられないわ。私は王国唯一の王女なのだから。まずはドメルグ大公に会って、王女代理を勝手に務めたことを追及しよう。

ユリアーナが前を見据えたとき、ふいに馬車の車輪が止まった。

国境の検問に差し掛かったらしい。検問所の兵士がこちらを問い質していた。エリクが応対しているが、何やら揉めている。

「なんだと⁉　ユリアーナ王女だぞ。君主を通さないとは、どういう了見だ！」

「エリク。どうかしたの？」

車窓から、外の様子を窺う。

エリクはすぐさまユリアーナのもとへ馳せ戻った。

「申し訳ございません。上官に確認しないと通せないと、検問の兵士が申しております。まったく不可解な理屈です」

そのようなことは、今までになかった。

ユリアーナは目を眇める。

検問所に勤めているのはシャルロワ王国の兵士である。彼の上官は突き詰めれば王女ユリアーナなのだ。

自らの君主を国に入れることに直属の上官の確認が必要だとは、どういうわけか。

アイヒベルク帝国に赴く際に検問所を通過したときはもちろん、引き留められはしなかった。

検問所に目を向けると、兵士が馬を駆り、伝令に向かうところだ。

シャルロワの王家の紋が刻まれたユリアーナの乗る馬車には、アイヒベルク帝国所属の騎士団が同行している。護衛のためにと、レオンハルトの計らいでディートヘルムをはじめとした騎士を付けてくれたのだ。

それゆえ誤解を受けたのだろうとユリアーナは推察した。

あるいは、他の理由があるのかもしれないが――

「そうなの。では、待ちましょう」

「王女様……！　この王国の君主はユリアーナ様でございます。君主が自分の国に入れないなどということがあってはなりません。あの兵士は処罰するべきです」

「私の国なら、すぐに入れるでしょう。焦ることはないわ」

思い当たる可能性があるので、エリクは焦りを見せる。

彼の言い分もわかるが、ユリアーナはゆったりと構えた。些細(ささい)なことで狼狽(うろた)え部下を処罰するなど、君主としてあるまじき姿だ。

国内の情勢がどうなっているのか気になるところではあるが、ラセンを出て以降のことはまだ情報がない。

やがて兵士が戻ってくるのが渓谷の向こうに見えてきた。

伝令に向かったときは一騎だったのに、戻ってきた兵士はひとりではない。にわかに馬車の周囲が騒々しくなる。

ロラがユリアーナを守るように寄り添った。

「ユリアーナさま、あれは迎えの騎馬隊でしょうか……？」

物々しい騎馬隊の行列が、こちらに向かってくる。青銅の甲冑(かっちゅう)を纏(まと)いシャルロワ王国の旗を掲げてはいるが、見知らぬ集団だ。

あそこまで仰々しい騎馬隊を随行させたのは、即位式のときだけだ。何事だというのだろう。まさか戦争でも始める気なのか。

ユリアーナの背筋を、ひやりとしたものが流れる。

エリクが警戒しながら騎馬隊を待ち受けた。

やがて騎馬隊が馬車の手前で足を止める。隊長らしき先頭の人物に、エリクは誰何した。

「王女様の出迎え、ご苦労であった。だが迎えを頼んだ覚えはないのだが？　この騎馬隊の隊長は、どなただ」

騎乗した先頭の人物が、フルプレートの兜を外す。

現れた男に、ユリアーナは目を見開いた。

「控えろ、エリク。近衛隊長を降ろされた護衛官のくせに、俺に偉そうな口を利くな」

ドメルグ大公に瓜ふたつのきつい眦、顎の細い男。

彼はドメルグ大公子息のクリストフだ。

騎士団の所属でもないクリストフがなぜ、騎馬隊として現れたのか。いつも大公子息である身分を笠に着て、邸で贅沢をしているという噂なのに。

ユリアーナは、彼が剣の修練をしている姿など一度も見たことがないし、馬に乗れたことすら初めて知った。

ユリアーナはドレスの裾を翻し、馬車を降りる。

凛とした立ち姿に、騎馬隊の兵士が息を呑む音が伝播してきた。

「クリストフ、何か用かしら」

「おお、ユリアーナ。我が君よ。あなたのことが心配で迎えに来たんだ。俺と一緒に邸へ参ろう」

クリストフは喜色を浮かべて猫撫で声を出す。

相変わらず地位が下の者には大きく出て、上の者にはへりくだる者だ。彼の変わり身の早さはいつも、ユリアーナの癇に障った。だが、それよりも最後の言葉に着目する。

「邸へですって？　どこの邸へ行かなければならないの。私は王宮へ帰ります」

嫌な予感が過る。

邸とはまさか、大公邸のことなのか。

エリクの報告によれば、ドメルグ大公はユリアーナが不在なのを良いことに、自らが王のごとく振る舞っているという。シャルロワ王国へ戻ればユリアーナは拘束される危険があると、レオンハルトが説いていた。

下馬したクリストフが両手を広げて近づいてくる。

この場で抱きしめようとする不敬な態度に、ユリアーナは扇子を取り出して胸の前に掲げた。

暗に拒絶した彼女の手前でクリストフは足を止めたが、頬には優越が刻まれている。

「あなたは俺の妻になるんだ。邸にはすでに花嫁の部屋を用意してある」

「……どういうこと？　あなたとの結婚は何度もお断りしているはずよ」

彼は胸を反らし、勝ち誇ったように言い放った。

「ユリアーナ、あなたはもう君主ではない。我が父であるドメルグ大公がシャルロワ王国の国王として即位するんだ」

護衛の騎士たちから、どよめきが湧く。エリクは剣柄に手をかけた。

「勝手な振る舞いは許さんぞ、簒奪者め！」

「王太子に無礼を働く馬鹿者を捕らえろ」

クリストフの命により、彼に同行してきた兵士たちがエリクを捕縛する。さらに彼らは、ユリアーナを護衛してきた帝国の騎士をも取り囲んだ。

「乱暴なことはやめてちょうだい。どういうことなのかしら。私は退位した覚えはないわ。君主が退位しなければ、玉座は空かないわよ」

ユリアーナがいない間に、シャルロワ王国では事態が動いていたらしい。まさかドメルグ大公が革命を起こしたというのだろうか。

「暫定的な即位だ。すぐに正式な王として認められることになる。ユリアーナ、あなたの承認によってね」

クリストフの予言めいた言葉が、ユリアーナの脳内の警鐘を鳴らした。

傍系である叔父に王位を譲ることはありえない。それは五世代の条約に反することだ。条約を定めた祖先にも、アイヒベルク帝国にも背くことになる。

だが、クリストフはユリアーナの考えなど聞く余地はないらしい。捕らえたエリクを縛り上げると、今度は馬車の中で震えるロラに目を向ける。

「その侍女も縛り上げろ。人質にするんだ」

「やめて！　あなたの目的は、私を邸へ連れていくことでしょう。その意向に従うわ。そこでドメルグ大公から詳しい話を伺いましょう」

ユリアーナはひとまず王宮へ戻るのを諦める。

ここで拒絶ばかりしていては、横暴なクリストフの好き勝手にされる。皆の安全を確保するためにも、まずは場所を変える必要がありそうだ。

「わかってくれたか、ユリアーナ。あなたが大人しくしてくれさえすれば乱暴なことはしない。さあ、馬車へエスコートしてさしあげよう」

そのとき、今度こそ抱きつこうと両腕を広げるクリストフの外套が、ぐいと後ろに引かれた。

それだけで体勢を崩した彼は、重い鎧ごと転んでしまう。その隙に、ユリアーナはローラに手を引かれて素早く馬車に乗り込んだ。

阻まれた形になるクリストフは、背後にいた帝国の騎士を睨みつけた。

「何をする、貴様！」

「失礼いたしました、王太子殿下。外套に蜂が止まっておりましたので払いました」

フルプレートの兜を被っているので顔は見えないし、声もくぐもってわかりづらいが、ユリアーナが察するに、彼はディートヘルムだ。

王太子殿下と呼ばれたクリストフはまんざらでもなさそうに眉を跳ね上げた。

「ふん、そうか。まあよい。邸へ向かうぞ」

クリストフが騎乗したので、彼の連れてきた兵士たちは王国の領地へ向かうべく馬首を巡らせた。随行してくれた帝国の騎士団とは、ここで別れなければならない。

ユリアーナは車窓から顔を出して、先程のディートヘルムと思われる男をはじめとした騎士たちに声をかけた。

「ご苦労様でした。あなた方はアイヒベルク帝国へお戻りになって。皇帝陛下によろしくお伝えください」

蜂を払ったというのはおそらく嘘だ。彼は王位を失おうとしているユリアーナを不憫に思い、クリストフを止めてくれたに違いない。

ディートヘルムらしき男は胸に手を当てて礼を執る。彼がそのような仕草をするのは初めて見たが、彼も騎士の資格を持っているのかもしれなかった。

「わたくしどもは、王女を最後までお送りせよという命を陛下より受けておりますので、このまま同行いたします。報告のために一名のみ帰還させることをお許しください」

そう言うと、慇懃に応対した彼は手を掲げた。すぐにひとりの騎士が馬首を巡らせる。

クリストフの部下たちが止める暇もなく、一騎が走り去った。

今のシャルロワ王国に帝国の騎士が滞留すれば、身の安全を保障できない。役目は終えたと、ここで全員が帰還するのが正しい選択だ。

「いけないわ。全員で帰還してちょうだい。あなた方の身の安全のためです」

騎士は喉奥で笑いを漏らしたようだ。銀色の甲冑が微かに揺れている。

「お気になさらず。我々は帝国騎士ですから、皇帝陛下の命令に従うまでです」

彼らの主はレオンハルトなので、これ以上ユリアーナが命じても無駄だとわかった。

説得を諦めた彼女は馬車の座席に凭れる。ロラが守るように寄り添ってくれた。

「ユリアーナさま、これからどうなるのでしょう……」

「まずはドメルグ大公の言い分を聞くことになるわね。彼が玉座に座るには私を退位させることと、五世代の条約を処理することが必須だわ」

「このロラ、最後までユリアーナさまのお傍におりますのでご安心くださいませ」

宣言するロラに、ユリアーナはゆったりとした微笑を向ける。

「大丈夫よ。心配しないで」

今やユリアーナの君主の地位は揺らいでいた。

無論、ロラもそれを感じているのだろう。

ユリアーナが退位を拒否した場合、ドメルグ大公の手によってロラ自身やユリアーナの周りの者が処刑されるかもしれないということを。

——そんなことはさせないわ。

ユリアーナは強い気持ちを奮い立たせる。同時に、拘束されるかもしれないというレオンハルトの予想を考慮しなかったことを悔やんだ。

もう二度と、彼に会えないかもしれない。

だが、あのまま、アイヒベルク帝国に留まることもできなかった。

——レオンハルトとは初めから結ばれない運命なのだから、何も思い残すことなどないはずなのに。私は、彼を忘れられないのね……

きっと、この命が尽きるまで。

ユリアーナは次第に遠ざかっていく帝国に思いを馳せる。

レオンハルトへの恋心を胸の裡で砕いては、馬車の車輪が軋むたびにその欠片を吐息と共に零していった。


王都へ辿り着くまでの間、シャルロワ王国の領内には特に目立った変化は見受けられなかった。

ユリアーナがアイヒベルク帝国へ赴いたときと同じく、人々は穏やかに過ごしている。

ドメルグ大公が革命を起こして王位を簒奪したという考えは大仰であったのだと、ユリアーナは安堵していた。

シャルロワ王国は税金が安く、徴兵制度もない。国民に王政への不満は募っていないのだから、民衆が蜂起するはずがないのである。

やがて馬車は王都にある大公の邸へ到着した。

ユリアーナが訪れるのは初めてだが、贅を尽くした壮麗な邸だ。

帝国の騎士団は軍部へ赴くため、そこで別れ、エリクの縄はユリアーナの命により解かれた。彼も軍部へ合流するようクリストフが命じている。だが、そのままそこで拘留される危険がある。

ユリアーナには、彼らの身の安全をクリストフに訴えておく必要があった。

「彼らに危害は加えないと約束してちょうだい。特に帝国の騎士は無事に母国へ帰ってもらわないと、外交問題に発展しかねないわ」

「ユリアーナは妙なことを言うんだな。騎士なんか殺しても死なない。あいつらは軍部で勝手にやるさ」

ぞんざいなクリストフの言いように、眉をひそめる。彼に国のあり方を説いても時間の無駄だ。やはりドメルグ大公と直接話をしなければ埒があかない。

「ドメルグ大公の姿が見えないけれど、ここにはいないのかしら？」

「父上は王宮で政務を執っている。ユリアーナが帰ってきたと報せたから、あとで来るだろう。そんなことより、花嫁の部屋を見ないか？」

「結構よ。大公を待つわ」

ドメルグ大公はすでに王のつもりらしい。そしてクリストフは、昔から父親の言いなりだ。

豪奢な応接室に入室したユリアーナは、真紅の天鵞絨張りの椅子に居心地悪く腰を下ろした。ロラは緊張した面持ちで壁際に控えている。

ややあって、邸の侍女が紅茶を運んできた。

「私はここでは、ロラの淹れた紅茶しか口にしないわ」

ユリアーナの宣言に、侍女がクリストフをちらりと見やる。彼が不快そうではあるものの頷いたので、侍女は紅茶を下げた。

この状況では毒殺されかねないので注意を払う必要がある。

ドメルグ大公が堂々と王宮で政務を行っているということは、ユリアーナが邸で死亡すれば邪魔者がいなくなるということだ。お抱えの医師に心臓発作とでも診断させれば、不幸な王女として体よく葬り去られてしまう。

これまでの自分は五世代の条約に守られて、なんの苦労も心配もなく王位を保障されていたのだと、ユリアーナは改めて感じた。

玉座を守るのが、こんなにも緊張するものだったとは。

レオンハルトが、ユリアーナと同じようにロラの淹れた紅茶を飲みたいと願ってくれた心遣いと勇気は、偉大なものであったのだ。

彼なら、こんなときはどうするだろうか。

レオンハルトの顔が過りかけたとき、雑音が耳に届く。

召使いが開けた扉から、ドメルグ大公が姿を現した。

まるで自分が王であるかのごとく胸を反(そ)らし、宝石をふんだんにつけた仰々(ぎょうぎょう)しい衣装に身を包んでいる。

もっともユリアーナの父である先代の王は質素だったので、そのような派手な格好はしたことがない。

「無事帰還したか、ユリアーナ」

「王女、の敬称をつけてもらいたいわ。私は王位を退(しりぞ)いたわけでもなく、身分を失ったわけでもないのよ」

挑戦的なユリアーナの眼差(まなざ)しに、ドメルグ大公が鼻で嗤(わら)う。どかりと、黄金の猫足がついた椅子に腰を下ろした。

「すでにクリストフから話は聞いたと思うが、あなたには、王位を叔父の私に譲るという証書にサインしてもらう」

「初耳ね。なぜ王位を傍系のあなたに譲らなければならないのかしら、ドメルグ大公？」

「王宮の主立った重臣は、私こそが王に相応(ふさわ)しいと推挙してくれた。そして五世代の条約は、アイヒベルク帝国が我が国に一方的に与えた不当な条約である。玉座に座る者は他国の指示で決められるものではない。今こそ真の王を復活させるときなのだ」

詭弁だらけの言い分に、ユリアーナは胸が悪くなる。

ドメルグ大公は重臣たちを抱き込んだのだろう。これまでのユリアーナと重臣の関係は良好だったので、おそらく大公側につかなければ家族の身の安全は保障しないなどと脅したのではあるまいか。

「五世代の条約を無視すれば、アイヒベルク帝国は黙っていないでしょう。あなたは帝国に牙を剥く気なの？」

「無論だ。小さな領土で満足していた今までの王の不甲斐なさが腹立たしい。私が王になれば、帝国以上に領地を広げることが可能なのだ」

ユリアーナは椅子から立ち上がった。正面のドメルグ大公をきつく睨みつける。

「シャルロワ王国の王女として、そんなことは許さないわ！」

大公が玉座を欲する理由は、戦争を仕掛けて領土を広げたいからだという。

彼が王として安穏と過ごしたいと望むのならばユリアーナも譲歩の考えを持たなくはないが、目的が戦争であるからには絶対に王位を譲れない。

憤慨するユリアーナを、傍らで聞いていたクリストフが猫撫で声で宥める。

「そう興奮するな、ユリアーナ。あなたは勘違いをしている。面倒な王女など辞めたあとは、もっと素晴らしい地位に就けるんだぞ」

「それは虜囚という地位かしら？」

「とんでもない！　迎えに行ったときにも話しただろう。俺の花嫁になるんだ。だからあなたは王太子妃というわけさ」

　クリストフにとっては素晴らしい地位らしいが、この国の王太子妃は政治的権限を持たない。せいぜい王に助言できる程度だ。この場合、ドメルグ大公の目の届くところに置かれる虜囚(りょしゅう)となんら変わらない。

　ドメルグ大公は余裕の表情で口髭(くちひげ)を撫(な)でた。

「悪くないだろう、ユリアーナ。クリストフの花嫁になれば、いずれふたりの子が王位に就(つ)けるのだ」

「何度勧めても私の心は変わらないわ。お断りします」

「おまえに決定権はない。サインを断れば、王女派の臣下ならびに騎士、そして侍女を処刑する」

「なんですって⁉」

　ユリアーナを慕ってくれる人々が処刑される。

　しかし王位を譲れば、戦争が起きてしまう。

　八方塞(はっぽうふさ)がりになったユリアーナは唇を噛んだ。

　ドメルグ大公は勝利を確信して、椅子から立ち上がる。

「好きなだけ懊悩（おうのう）するがいい。まずは侍女を閉じ込めておけ」

入室してきた兵士によって、ロラの身柄が拘束される。駆け寄ろうとしたユリアーナだったが、クリストフに阻（はば）まれた。

「ロラ！」

「ユリアーナさま、わたくしは大丈夫でございます。いつでも覚悟はできております」

連れ去られていくロラの声が小さくなっていく。

愕然（がくぜん）としたユリアーナは、その場に立ち尽くした。

「あとは頼んだぞ、クリストフ」

「はい、父上。さあ、ユリアーナ。今度こそ花嫁の部屋を見に行こうか。逃げようとしても無駄だ。この邸（やしき）は至るところに兵士を配置しているからな」

ユリアーナは従うしかない。

クリストフに案内されて、新しい花嫁の部屋を見学させられる。

ピンクの壁紙や白で纏（まと）められた調度品は可愛らしいものだったが、窓には鉄格子が嵌（は）められていた。やはり、花嫁という名の虜囚（りょしゅう）の部屋だ。

続く衣装部屋には、豪華な純白のドレスが掲げられている。それから薄絹で作られた長いベールも。

「素晴らしい花嫁衣装だろう。教会で式を挙げるときに、誓いのサインを二枚記すと父上は言っていたよ」

うんざりとしていたユリアーナだったが、クリストフの台詞が引っ掛かり、目を向ける。

「誓いのサインが二枚とは、どういうことかしら？」

「結婚の契約書と、退位の証書だ。それにサインすればユリアーナは王女から王太子妃になれる。身分を失わなくて済むだろう？」

どうやらドメルグ大公は、周りの目がある結婚式においてユリアーナを退位させ、自分の行為を正統な王位継承だと認めさせる算段のようだ。

もちろん裏ではロラをはじめとした人質の首に縄が用意されていることだろう。

しかし、サインが二枚必要ということは……と、ユリアーナは考える。

右手と左手にペンを持って、同時にサインすることはありえない。サインをする順番としては、退位の証書が先のはずである。結婚の契約書を先にすれば、クリストフが王配の地位に就き、ややこしくなる。

「なるほどね。素晴らしいアイデアだわ。……ところでクリストフ自身は、ドメルグ大公が王になって戦争を起こすことを、どう考えているのかしら」

大公は領土を広げようと野心に満ち溢れているが、クリストフは王政に興味を示したことなどないはずだ。戦争になれば息子の彼が騎士団の先頭に立って剣を振るえと要求されるかもしれないのに、呑気な彼にその心意気は見えない。

クリストフは小首を傾(かし)げた。

「さあ。父上は農民や商人を戦争に使うと言ってる。平民どもに戦わせればそれでいいじゃないか。俺たちは贅沢(ぜいたく)をするのが仕事だよ」

予想はしていたが、あまりにもひどい回答だ。

改めて、彼ら父子に王権を握らせることがあってはならないと感じる。

けれど、どうやってこの状況を打破すればいいのか。

――なんとかして脱出しなければならないわ……

王女派の重臣か、もしくはエリクと連絡が取れないだろうか。しかしロラを置いていくことは危険だ。ユリアーナだけがいなくなれば、彼女の命が危(あや)うくなる。

考えを巡らせるユリアーナを、クリストフは飢えた猛獣みたいな視線で舐(な)め回(まわ)した。

「……ユリアーナ、ベッドへ行かないか？」

男の好色な気配を察知したユリアーナは、一歩身を引く。背には衣装部屋の扉があるが、その向こうは寝室だ。

「なぜかしら？」

ろう」

「俺たちはもうすぐ夫婦になるんだ。だからそのドレスを脱いでみたらどうだ。暑いだろう」

よくわからない理屈だった。

彼は自ら進んで裸になる女性しか相手にしたことがなく、女性の口説き方を知らないのかもしれない。

ユリアーナ自身もレオンハルトに懐妊指導をしてもらうまでは、夫婦の営(いとな)みなど何も知らなかったので、不器用なクリストフに共感するところはあるのだが、それと恋心とは全く別物だ。

クリストフを欠片(かけら)ほども好いてないし、尊敬してもない。

それはドメルグ大公の嫡子であることや王位の問題を除いたとしても同じなのだ。彼という男に惹(ひ)かれない。

「ドレスも脱がないし、ベッドにも行かないわ。私の世話はロラにしか任せられないの」

「そういうことじゃなくてだな……。ほら、もう眠いだろう?」

「ロラがいないとベッドで眠れないわね。彼女はどこにいるの?」

「あの侍女は人質として地下牢に閉じ込めておかなければならないんだ。父上の許可が下りないと解放できない。結婚式のときには出してやるよ」

思いがけずロラが地下牢に捕らえられているとわかった。もっとも屈強な兵が配置されているだろうし、ユリアーナとロラがふたりで邸（やしき）を逃げ出すのは困難だ。

奇跡的に逃げられたとしても、王宮へ戻るのはさらに危険だった。

ドメルグ大公がユリアーナとクリストフの結婚を掲げて王政を握っている間は、大臣たちも大公に従うしかない。逆らえば処刑される恐れがある。

今はまだ、上辺だけでも穏便に王位継承を行いたいというドメルグ大公の思惑（おもわく）に従ったほうがいい。

だが一方で、このまま手をこまねいていては時間の経過と共に、ユリアーナは玉座から降ろされてしまう。

そのとき彼女の脳裏を過（よぎ）ったのは、レオンハルトの姿だった。

アイヒベルク帝国皇帝である彼なら、五世代の条約を守るためという大義名分により、ユリアーナの窮地を救ってくれるのではないか。

――いいえ、それはいけないわ。

ユリアーナは淡い期待を、首を横に振って打ち消した。

国内の揉（も）め事（ごと）に、レオンハルトを巻き込めない。

王国に戻ると決断したのは、ユリアーナの意志だ。

ドメルグ大公との確執は最終的にはシャルロワ王国で片付ける問題であり、彼にすべての解決を頼むなんて間違っている。

物言いたげに手を伸ばしてくるクリストフに、ユリアーナはぴしりと言い放った。

「結婚式まで、花嫁は純潔を保たなければならないわ。それまで私に指一本触れることは許しません」

もはや純潔ではないのだが、何かしらを盾に取らなければクリストフは納得しないかもしれないと考えたのだ。

ユリアーナの言い分に返す言葉が思いつかないらしいクリストフは、歯噛みしながら部屋を出ていった。

ひとまず、彼の魔の手からは逃(のが)れられたようだ。

だが問題は今後のことである。

退位、人質、クリストフとの結婚、そしてその先には戦争。

「どうすれば良いのかしら。時間がないわ……」

ユリアーナは重い嘆息を零(こぼ)して、椅子に凭(もた)れた。

解決策が浮かばないまま、無為に時は流れていった。

ユリアーナが大公の邸に閉じ込められてから、十日ほどが経過している。外出は許されず、誰の面会も許可されない。ひたすら部屋で時間を潰す日々だ。

唯一、牢に囚われているロラには会わせてもらえたが、それも監視の中でほんの少し話をするだけで、脱出の相談をすることなどとてもできそうになかった。

そんなある日、苛立ちを募らせるユリアーナのもとに、喜色満面のドメルグ大公がクリストフを伴って訪れる。

「喜んでくれ、ふたりとも。結婚式が明日、大聖堂で行われることになった」

まるでユリアーナがクリストフとの結婚を望んでいるかのような言いざまだ。

王位継承を迅速に行うために、ドメルグ大公が結婚式を早めるであろうことは予想していたので、ユリアーナは特に驚きもしない。

「父上、ようやくユリアーナが俺のものになるのですね！」

「うむ。大司教と私が立ち会い、皆の祝福を受けてサインしてもらおう。……わかっているな、ユリアーナ」

大公に目線で促される。

断れば、ロラの命はないと脅しているのだ。

優雅に椅子に腰かけたユリアーナは、涼しげな声を発した。

「お願いがあるわ、ドメルグ大公」

「なんだ」

「ロラに支度を手伝わせたいの。乳母として私が生まれたときから面倒を見てくれた侍女ですもの。私が花嫁衣装を纏うのは、ロラの手でなくてはならないわ」

ドメルグ大公はしばらく思案していたが、サインを拒否するという内容ではなかったおかげか、了承する。

「いいだろう。ただし退位のサインを拒んだ場合、彼女をその場で処刑する」

「わかったわ。退位のサインはいたします」

決意を込めたユリアーナの発言に、ドメルグ大公は満足げに頷いた。

彼にとっては、王位を手に入れるためには王女の退位が必須であり、息子との結婚はそのついでだ。以前はクリストフとの間に子をもうけさせ、王の祖父として王政を握ろうとしていたが、強行に玉座を奪う方向に舵を切り、結婚は保険という形に落ち着いたらしい。

ユリアーナに王太子妃という地位を与えれば、王女派や国民の反発を招かずに済むというだけだ。

——ドメルグ大公の思いどおりにはさせないわ……

ユリアーナは一計を案じていた。

ドメルグ大公とクリストフが高笑いを響かせて部屋を出ていったあとも、頭の中で策を練る。

そうして椅子でじっとしていると、辺りは暗くなり、夜を迎えた。

この夜が明ければ、いよいよクリストフと結婚させられる。それと同時に君主の地位を失い、王太子妃にされてしまうのだ。

レオンハルト以外の男性の子どもを孕みたくない。王女としても、ひとりの女としても、ドメルグ大公の思い描いた結末になることだけは阻止しなければならなかった。

唇を噛みしめていると、窓にコツンと、何かがぶつかる音がする。

石の欠片だろうか。

窓辺に目を向けると、またコツンと音が鳴った。

「何かしら……？」

ユリアーナは椅子から立ち上がり、窓へ向かう。

窓は鉄格子が嵌められており、開かない仕様になっている。外を覗いてみたが、窓辺には異常はないようだ。

しかし、下方を見やると、邸の兵士がこちらに向けて手を挙げていた。彼が小石を投げて合図したらしい。

邸では常時、大公に雇われた兵士が見張りを行っている。彼らが虜囚のユリアーナに愛嬌を振り撒くようなことは無論しない。どうしたというのだろう。

「ここは開かないの。何かあったの？」

声が届いたかはわからないが、兜で顔を覆ったその兵士は足元の地面を指差した。

彼は屈むと、草の生い茂った土を手で掘り返す。

——何をしているのかしら……

ユリアーナは兵士のやることを見守った。

彼は掘り返した土の中に、懐から取り出した小箱のようなものを埋めている。土を被せて元通りにして立ち上がり、また窓辺のユリアーナを見上げると、胸に手を当て礼をした。

どうやら彼は、騎士のようだ。大公に雇われた兵士ではないのだろうか。

「あなたは一体……？」

距離が遠いので会話はできない。

彼は最後に、兜の口元に指先を当てると、その指先で弧を描いた。

接吻を投げたのだ。

ユリアーナがびっくりしていると、足早に茂みを掻き分けて姿を消す。

そのあとすぐに別の兵士がやってきて、いつもどおり巡回していった。

ユリアーナは壁に身を寄せて外を窺ってみる。やってきた兵士はたった今行われていたことに気づかなかったようだ。

――そういえば、あの人の甲冑はここの兵士とは違っていたわ……

暗がりなので細部までは判別できなかったが、見覚えのある銀の甲冑だ。

ユリアーナは首を捻りながら、長い一夜を過ごした。


眩い朝陽が降り注ぐ中、ユリアーナは泰然として結婚式の朝を迎えた。

今日の一日に、シャルロワ王国の命運がかけられている。

――私は君主として、最後まで国民の安寧を重んじるわ。

決して戦争を起こしてはならない。そのために、退位するのだ。

ユリアーナは王位を退く意向を固めていた。

目の前で毒見をさせた朝食のあと、衣装部屋から花嫁衣装を運び出す侍女たちの様子を眺める。ドレスの他にもベールや靴、アクセサリーなどが衣装箱に入れられて運び出された。

「馬車のご用意が整いました」

やがて従者に声をかけられたので、椅子から立ち上がる。

この邸から外へ出られるのは久しぶりだ。

花嫁と花婿は別の馬車で聖堂へ赴くしきたりなので、クリストフの姿はすでにない。

従者に手を取られて馬車へ乗り込む直前に、ユリアーナはふと振り向いた。

「そういえば、庭に髪飾りを落としたままだったわ。取ってきてもいいかしら」

「侍女に取りに行かせます。花嫁様は、どうぞ馬車へお乗りください」

ユリアーナはゆるく首を横に振る。困ったような表情を形作った。

「あの髪飾りは他の人が触れると呪いがかかるのよ。私にしか触れないの」

「はあ……ほんの少しのお時間なら結構でございます」

従者が呪いを信じたか定かではないが、不審は抱かれなかったらしい。

ユリアーナは素早くドレスを翻すと、自分に宛がわれていた部屋の窓の下へ向かった。

昨夜出会った兵士が土の中に埋めた品を確認したかったのだ。

「ここね」

雑草が生い茂り目立たないが、乾いた場所とは違う色をした土が小さな山を形成している。

ユリアーナは素手で土を掘り返した。

王女として生まれて、このように身を屈めて土に触れるなど初めての経験だ。一度掘り返されていたためか土は軟らかく、すぐに目的のものが指先に触れる。

土に塗(まみ)れたそれは、朱の小箱だった。鍵などはついていない。

あの兵士は明らかに、ここに小箱を埋めることをユリアーナに伝えていた。

──一体、何が入っているのだろう。

おそるおそる、小箱の蓋(ふた)を開く。

その瞬間、陽の光を浴びたそれが、燦爛(さんらん)とした輝きを放つ。

「これは……ダイヤモンド⁉」

ダイヤモンドの首飾りが、無造作に小箱に入れられていた。

深みのある輝きから判別できるが、すべて本物の金剛石(こんごうせき)だ。大粒のダイヤモンドが連(つら)なる高価な代物(しろもの)で、この首飾りひとつで城が買えるほどの価格だろう。

そして、この上等なダイヤモンドの首飾りには見覚えがある。

アイヒベルク帝国の華麗なる舞踏会。

そのときに妃の証(あかし)としてレオンハルトから贈られ、一度だけユリアーナが身につけたものだ。

同じ物がこの世にふたつ存在するとは思えない。この首飾りは間違いなく、アイヒベルク帝国の皇室が所持する品物だ。

それが、無造作に埋められるとは、誰が想像するだろう。

「あの兵士は、まさか……」

息を呑んだユリアーナのもとに、怪訝な表情の従者が近づいてくる。ユリアーナは咄嗟に首飾りを胸元に隠して、小箱を手にしながら楚々と立ち上がった。

「どうかいたしましたか、花嫁様？」

「なんでもないわ。もう大聖堂へ向かう時刻ね。馬車を出してちょうだい」

涼しげな表情で馬車へ乗り込む。従者は慇懃に扉を閉めて、御者が手綱を取った。馬車の車輪が大聖堂へ向けて回り出す。

沿道には王女の結婚を祝う人々が詰めかけており、祝福を贈っていた。

王都の人々は、ユリアーナが自らの意思で結婚すると思い込まされているのだ。おそらくドメルグ大公の宣伝によるものだろう。結婚により王位を退いた王女は、叔父に玉座を譲るという筋書きと共に。

ユリアーナは胸元のダイヤモンドをきつく握りしめた。

やがて馬車が大聖堂に到着する。

兵士による厳重な警戒のもと、彼女は花嫁の控え室に通された。そこには用意された花嫁衣装と共に、ロラが待機している。

「ユリアーナさま！」

「ロラ、無事で良かったわ。体調は大丈夫？」

抱き合いながら、互いの無事を喜ぶ。

ロラは幾日も暗い牢獄に閉じ込められていたのだ。彼女はやや頬をやつれさせていたが、花嫁の衣装係を命じられたためか、今日は木綿（もめん）の清潔な衣装を纏（まと）っていた。

「わたくしは平気です。わたくしのことなどお気遣いなさいますな。それよりもユリアーナさまは、クリストフさまとご結婚されるために退位なされるのだと伺いましたが……それは、本当でございますか？」

不安げに問うてくるロラに、ユリアーナは沈黙で返す。

周囲には自分の意思で王女は退位と結婚を行うと広められているようだが、詳しい事情を知るロラにはドメルグ大公に脅（おど）されてのことだと推察できるのだろう。

ユリアーナは自らの考えを語らなかった。

ここまで来たら、やるべきことは決まっている。

「花嫁の衣装に着替えるわ」

「ですが、ユリアーナさまにはレオンハルトさまが……！」

ロラの言葉を遮るように、ユリアーナは胸元から首飾りを取り出した。

大粒のダイヤモンドがきらりと眩い光を放つ。

「この首飾りをつけるわね」

「これは……どこかで見覚えがある……？　かしこまりました」

首を傾げたロラがダイヤモンドの首飾りを受け取り、ユリアーナの胸元に飾る。

アイヒベルク帝国皇帝の妃の証であるダイヤモンドは燦然と輝いた。


大聖堂には厳かな空気が満ちていた。

式に招待された貴族や大臣たちが見守る中、純白の花嫁衣装を身に纏ったユリアーナは真紅の絨毯を踏みしめる。

現れた王女の花嫁姿に、人々は感嘆の声を漏らした。

花嫁だけが纏うことを許された、純潔を表す白のドレス。

薄絹の向こうには化粧を施した麗しい顔。

胸元には豪奢なダイヤモンドの首飾りが輝いていたが、その意味を知る者はいない。

凛然としたユリアーナの美しさに、賓客たちは溜息を零す。

ユリアーナは、柱の陰で祈るように両手を握りしめているロラの姿を見つけた。彼女の横には兵士がぴたりと付き添っている。ユリアーナが妙なことをすれば、いつでもロラの喉元に剣を突きつけるに違いない。

一歩、また一歩と絨毯(じゅうたん)を歩むたびに、祭壇(さいだん)が近づく。

長いベールを微(かす)かに揺らし歩み寄った祭壇(さいだん)には、花婿(はなむこ)であるクリストフと大司教、そしてドメルグ大公と元老院の長老が控えていた。

通常の結婚式では大司教が式を執(と)り行(おこな)い、新郎新婦以外の者は席に着いているものだ。だが今回は、王女の退位という行事を同時に行うため、ドメルグ大公と元老院の長老も一緒にいるらしい。

元老院の長老は高い権威を持ち、王に助言する役目を負っている。

笑顔で迎えるクリストフの隣に立つと、祭壇(さいだん)に置かれた書類と羽ペンが目に入った。

結婚の契約書と、退位の証書の二枚だ。

ドメルグ大公は慇懃(いんぎん)な態度を装(よそお)いつつも、瞳の奥に野心を漲(みなぎ)らせて書類の一枚をユリアーナの前に差し出した。

「さあ、サインを。ユリアーナ」

大司教と元老院の長老、そして多くの参列者が見守る中、差し出されたのは退位の証書だ。王女ユリアーナがシャルロワ王国の王を退位するといった旨(むね)が書かれている。

ユリアーナはレースの手袋に包まれた腕で、羽ペンを取り上げた。

「約束ですものね」

衆人が息を呑み、ユリアーナは証書に己(おのれ)の名を書き記す。

さらさらと、ペンの走る音が聖堂に響き渡った。

羽ペンを置いたユリアーナは深い息を吐く。

この瞬間、ユリアーナは君主ではなくなった。シャルロワ王国の王位を、退(しりぞ)いたのだ。

証書を掲げたドメルグ大公が幾度も頷(うなず)く。

「ついにやったぞ……！　元老院の長老も、しかとご覧になりましたな。ユリアーナは自らの意思で、退位の証書にサインをしたのだ」

祭服に身を包んだ元老院の長老は、無表情ではあったが鷹揚(おうよう)に頷(うなず)いた。常に朗(ほが)らかな長老だが、今日はその顔から笑みが抜け落ちている。

「ええ、ドメルグ大公。わたくしも見届けました。確かにユリアーナ王女は退位なされました」

元老院は正統な国王を承認する機関だ。王や大公といえど、ここの長老の意見は無視できない。彼の賛同を得ることは不可欠だった。

つまり、元老院の長老が認めたということは、ユリアーナ王女の退位は正当な手続きによって行われたことを意味する。

もはや取り消しはできない。

亡き父の後継として即位してから今日までのシャルロワ王国を統治してきた出来事が、ユリアーナの脳裏を駆け巡る。

――私は、シャルロワ王国にとって、よき君主だったのかしら……

運命として受け入れ、今日まで王国の平和と安寧のために尽くしてきたつもりだ。

そしてもう、ユリアーナが玉座に座ることはない。

しばらくして、それでは、と大司教がもう一枚の書類を広げた。

「こちらが結婚の契約書になります。サインのあと、式を執り行いましょう」

大司教はユリアーナの意志を確かめるように、顔を窺う。

ユリアーナは極上の微笑みを見せた。

その笑みは、周りには幸せな結婚を迎える花嫁のものに映ったことだろう。

けれど、ユリアーナは堂々と宣言する。

「結婚の契約書には、サインいたしません」

朗々とした声音が静寂に満ちていた大聖堂を貫く。

少しの沈黙のあと、賓客がざわめきだした。クリストフとドメルグ大公は、不思議そうに眉をひそめている。

「何を言ってるんだ、ユリアーナ。俺と結婚しなければ、王太子妃の身分になれないんだぞ。もう退位したんだし、あとは結婚の契約書にサインすればいいだけだ」

クリストフはわけがわからないといったふうで、早口に説明しながらサインを迫った。

ユリアーナは、ばさりとベールを脱ぎ捨てる。

賓客に曝したその顔は、王女の威厳を少しも失っていない。

「退位はすると、ドメルグ大公と約束したわ。でも私は、結婚については承諾していません」

凛然と告げたユリアーナは、ドメルグ大公と対峙する。

大公は呻くような声音を絞り出した。

「……どういうつもりだ、ユリアーナ。あなたはすでに退位した。なんの権限もなくなったのだ。クリストフと結婚したほうが身のためだぞ」

彼は事実を語っている。

ユリアーナはすでに退位した。

今、シャルロワ王国の君主はいないのだ。

だからこそ、居並ぶ賓客の前で、ユリアーナは宣言する。

新たな王の誕生を。

「私はクリストフと結婚できません。なぜなら、私のお腹にはアイヒベルク帝国皇帝レオンハルトの子が宿っているからです。この子こそ五世代の条約を最後まで履行するべく生まれてくる、次代のシャルロワ国王です」

大聖堂が驚愕に揺れた。悲鳴と驚きの入り交じった人々の声が長く続く。

やがて唖然としていたドメルグ大公は憤りの声を上げた。

「なんだと⁉　そんなことは認めない。次の国王は私だ！」

ユリアーナは元老院の長老に目を向けた。彼もこの事態を初めて知ったはずだが、落ち着き払っている。

「長老の見解は、いかがかしら。次期国王の優先順位はどうなっていて？」

「王国の慣例に倣いますと、ユリアーナ王女のお子様が直系の血族となりますので、傍系のドメルグ大公よりも王位継承の順位は優先されます。五世代の条約にも、王位を継ぐのは直系の血族のみという条項がありますゆえ、お子様が次代の王に即位することになんら問題はございません。むしろ条約を反古にせずとも済み、より良いかと存じます」

「そういうことになるわね。大司教はどうかしら。皇帝の子を身籠もった私がクリストフと結婚できて？」

大司教は穏やかな表情で罪深いユリアーナに十字を切り、厳かに述べた。

「残念ながら、すでに身籠もっている花嫁が、子の父親以外の者と結婚することは我が教会では承認できません。わたくしは大司教として、この婚姻を認めることはいたしません」

ユリアーナは退位と同時に、これから生まれてくる子に王位を譲った形になった。すでに身籠もっているので、クリストフとの結婚はできない。

ドメルグ大公はユリアーナを退位させただけで、まだ王位を手にしたわけではないのだ。

退位の証書のサインを先に書かせたあとユリアーナに行動の自由を与えていたことが、彼の敗因だった。

彼はユリアーナを退位させるのと同時に口を塞ぎ、すぐさま自らの即位式を行うべきだったのだ。

賓客の間から、おめでとうございますという祝いの声と拍手が湧き起こる。

新たな国王の誕生を知った人々は笑顔でユリアーナを祝福した。彼らも決して、大公が王位に就くことを歓迎していたわけではない。

嵌められたことを知ったドメルグ大公は、憤然として訴える。

「虚偽だ！　アイヒベルク帝国皇帝の子など、ユリアーナが身籠もっているわけがない。王位を渡さないための詭弁だ。真実だと言うのなら証拠を示せ！」

ユリアーナは、ぐっと言葉に詰まる。

確かに、身籠もったという確証はない。

医師の診察を受ければ大公に勘付かれる危険があるため、確かめてはいないのだ。

けれど、この身に宿る新たな命を予感している。

そのとき、大聖堂の重厚な扉が開け放たれた。

甲冑を纏った物々しい騎士たちが次々に踏み入り、場が騒然となる。それに構わず、最前列の指揮官らしき騎士が祭壇に向かって進み出た。

「ユリアーナ王女の言葉は真実だ。彼女の身につけているダイヤモンドの首飾りが、何よりの証拠である」

低く凜とした声音が響く。

人々は口を噤み、ユリアーナの胸元に注目した。

純白の花嫁衣装を纏った胸元を、煌めくダイヤモンドの首飾りが彩っている。

初めて首飾りの存在に気がついたクリストフは眉をひそめた。

「これは、用意させた首飾りとは違うようだな……。なぜ、この首飾りが証拠になるんだ。大体、誰だ貴様は！」

誰何された騎士は、ゆっくりと顔を覆っていた兜を取り去った。

雄々しい唇は弧を描いている。そして深い海のような紺碧の双眸が現れた。さらりと黄金の髪が波打つ。

「そのダイヤモンドの首飾りは、私の妃となる人に贈られる品なのだ。この私、アイヒベルク帝国皇帝レオンハルトのダイヤモンドと対に作られている」

彼が頤を上げると、首元を飾る大粒のダイヤモンドが輝きを零す。

――やはり、彼だったのだ。

土の中に首飾りを埋めた騎士の正体は、レオンハルトだった。

ユリアーナの胸に喜びが込み上げる。

「レオンハルト！」

彼に駆け寄るユリアーナのドレスが、白い蝶のごとく舞う。

すぐに逞しい腕に抱き留められた。ふたりは固く抱き合う。

愛する人の胸に戻ってきた喜びが、あとからあとから湧き上がってくる。

「会いたかった……レオンハルト」

「私もだ。遅くなってすまない。とはいえ、私はユリアーナと共にシャルロワ王国にずっと滞在していたのだがね」

「まさか……渓谷で助けてくれた騎士はディートヘルムではなく、あなただったの？」

「そのとおりだ。ユリアーナを私の手から放すわけがないだろう。騎士に扮装して、シャルロワ王国に潜り込んだというわけだ。おかげで自由に動くことができた」

クリストフに抱きつかれそうになったとき、外套に蜂が止まったと嘯いて助けてくれたのもレオンハルトだったのだ。兜に遮られて声がくぐもり、顔も見えなかったので気づかなかった。

「皇帝なのに騎士のふりをして私に同行するなんて、なんということをするの。しかもダイヤモンドの首飾りを地中に埋めてしまうだなんて、本当に驚かされてしまったわ」

破天荒なレオンハルトにユリアーナは驚きを隠せない。

けれど、それもすべて自分のためにしてくれたことなのだ。

レオンハルトは紺碧の双眸を愛しげに細めて、彼女を見つめた。

「あなたを救うためなら、容易いことだ。そしてあなたの言うとおり、あんなに愛し合ったのだから、あなたのお腹にはもう、私の子が宿っているはず。その子がシャルロワ王国の王位を継いでくれる」

懐妊指導の名を借りた愛の行為はユリアーナの身体の奥に種を宿し、芽吹く。

突然のアイヒベルク帝国皇帝の登場に、人々は騒然とし続けていた。帝国騎士団は大公側の兵士たちを捕縛して武器を没収する。

「我が皇帝陛下の型破りな行動についていくのは毎回大変だ。帝国に戻って援軍を引き連れてきた俺をねぎらってほしいものだな」

ディートヘルムは、ロラを見張っていた兵士を捕らえていた。自由を取り戻したロラがユリアーナの傍に駆け寄る。

「ありがとう、ディートヘルム。あなたも来てくれたのね」

「悪人を懲らしめよ、という陛下の命令ですからね」

そのとき、形勢不利とみたクリストフが慌てて逃げ出そうとした。けれど、レオンハルトに阻まれる。仕方なく、クリストフはドメルグ大公の背後に隠れた。

「父上、皇帝の名を騙るあいつを捕らえてください！　王国の騎士団は何をやってるんだ」

「むう……どういうつもりかな、レオンハルト陛下。他国の君主が我が国の事情に口を挟まないでいただきたい」

ドメルグ大公はレオンハルトを睨み据えた。彼は大公としてレオンハルトと面識があるので、本物の皇帝だと認めざるを得ないのだ。

レオンハルトは守るようにユリアーナを抱き寄せて、ドメルグ大公に対峙する。

「ドメルグ大公、貴殿の行いは承知している。王女ユリアーナを監禁した上、退位及び子息との結婚を迫り、その裏で王女代理として戦争の準備を推し進めた。それもすべて自らが王位に就かんとするため、そして帝国へ戦争を仕掛けるためだ。貴殿の振る舞いは両国の和平を乱す行為であり、重大な条約違反である。アイヒベルク帝国皇帝として、五世代の条約を無事に遂行することは高祖父の代よりの使命だ。よって、皇帝の名において、ドメルグ大公の身柄を拘束する」

皇帝の命により、ディートヘルムがドメルグ大公とクリストフを捕縛しようとするのを、大公は激しく抵抗した。

「触るな！　私は王になる身だぞ。こんなことは容認できん。戦争の用意はできているのだ。帝国の騎士など蹴散らしてくれる！」

だがレオンハルトは動じなかった。艶やかな笑みをドメルグ大公に向ける。

「大公派は、すでにエリク近衛隊長の指揮により制圧済みだ。帝国より駆けつけた騎士団も王宮を守っている。彼らは素晴らしい連携を見せてくれた」

大公に与する者は、すでに捕縛されていた。

レオンハルトは密かにエリクと連携を取り、ドメルグ大公の目論見を阻止してくれたのだ。

もはや味方する者がいないと悟ったドメルグ大公とクリストフは項垂れて、騎士団に引き立てられていく。

一部始終を見守っていた元老院の長老は、厳かにレオンハルトとユリアーナに向き直った。

「ドメルグ大公の望みは潰えたようですが、ユリアーナ王女が退位した事実を覆すことは叶いません。おふたりのお子さまを国王に即位させるのはよろしいとしましても、まだお生まれになっておりませんので、このままでは国王の不在が長期にわたってしまいます。どのようにいたしましょうか？」

レオンハルトはユリアーナに微笑みかける。

目を合わせたふたりは、共に頷いた。

「私とユリアーナのふたりで、しばらくは国王を代行しよう。そして子が成人した暁には、正式にシャルロワ王国を任せることにする。それでよろしいかな、元老院の長老殿」

「もちろんでございます。どうかおふた方、よろしくお願いいたします」

元老院の長老の同意に、大聖堂は盛大な拍手に包まれた。

ついに、ドメルグ大公の野望は潰える。戦争は回避されたのだ。

感慨深い思いに浸るユリアーナの瞳に、大粒の涙が浮かぶ。

その輝きは、ダイヤモンドよりも美しかった。

頬を流れる雫を指先で掬い取ったレオンハルトが、涙を流す花嫁に微笑みかける。

「あなたの涙は幾千の星よりも美しい」

「……ありがとう、レオンハルト。シャルロワ王国を守ることができたのは、あなたのおかげよ」

「ユリアーナが国民に尊敬される君主であったおかげだよ。だが、あなたはもう君主ではない。ひとりの女だ。だから安心して、私の花嫁になるといい――」

口端を引き上げた彼が片目を瞑る。

大聖堂の鐘楼の鐘が鳴り響く。

「――今、ここでね」

「……え？　今ですって？」

「そうだとも。あなたは私が贈った妃の首飾りをつけているではないか。ユリアーナこそ、私の妻となる人だ。さあ、大司教殿。花嫁が身籠もった子の父親と婚姻を交わすことに、いかなる問題があるのかね？」

名指しされた大司教は穏やかな笑みを見せた。

「なんの問題もございません。お子様のためにも結婚するべきです」

「そうだろう。皆も祝福してくれる。アイヒベルク帝国皇帝レオンハルトは、シャルロワ王国国王代理のユリアーナと、今ここで婚姻を交わそう」

大歓声に迎えられながら、ユリアーナはレオンハルトと大司教の前に並び立つ。

誓いの言葉が交わされ、ふたりは永遠の愛を誓い合った。

すこやかなるときも、病めるときも、ふたりは手を取り合い、これからも困難を乗り越えていく。

まるで夢のようだ。

――本当にレオンハルトと結婚できる日がやってくるなんて。

あんなに苦悩していた日々が嘘みたいに、願いは叶えられた。

ユリアーナは最愛の人を、涙で濡れる瞳に映す。

花婿となったレオンハルトが優しく微笑んでいる。

誓いのくちづけが交わされる中、祝福はいつまでも続いていた。

大聖堂から王宮へ向かう馬車の中、ユリアーナはレオンハルトと共に、沿道の人々に手を振った。

王女ユリアーナの結婚相手は隣国の皇帝レオンハルトだったという話は、瞬く間に王都に広まったそうだ。人々は驚きと喜びの双方を以て、世紀のロイヤルウェディングを祝福している。

アイヒベルク帝国が後ろ盾になり、いっそう王国は栄えるだろうという明るい展望が国民に笑みをもたらした。

そして、久しぶりの王宮に戻ってきたユリアーナは、ほうと深い吐息を零す。

到着したときにはすでに王宮は従来の落ち着きを取り戻していた。重臣たちはユリアーナに忠誠を捧げると誓い、次期国王を宿したユリアーナに君主にするのと同じ態度で接した。

もはや彼女は君主ではない。

だがユリアーナの計略とレオンハルトの見事な采配により、これまでと変わらずに王国を統治できることとなったのだ。

その後、エリクの報告を聞いて、その労をねぎらう。そうしてようやく、ユリアーナはロラの手により花嫁衣装を脱いだ。

紅茶を嗜みながら、めまぐるしかった本日の出来事を振り返る。

ロラは壊れ物を扱うような仕草で外したダイヤモンドの首飾りを、天鵞絨（ビロード）張りのケースに収めた。ユリアーナから見えるように、大理石のテーブルにケースをそっと載せる。

「ようございましたね。ユリアーナさまがご無事で何よりでございます」

ロラを含めた周りの者は、ユリアーナとレオンハルトが、ドメルグ大公の捕縛からふたりの結婚に至るまでの策略を交わしていたのだと思い込んでいる。

だが、実はふたりで作戦など練（ね）っていない。

同行した帝国の騎士がレオンハルトだったという事実を、ユリアーナは大聖堂で初めて知ったくらいだ。

レオンハルトの行動力と大胆さには驚嘆すべきものがある。

「結婚したなんて、まだ信じられないわ……」

独りごちているところに、事後処理を終えたレオンハルトが入室してきた。気を利かせたロラはすぐさま部屋を辞する。

「待たせたね。今日は疲れただろう」

「ええ……そうね。いろんなことがありすぎて、まだ驚いているわ。私は本当にレオンハルトと結婚してしまったの？」

ユリアーナの隣に腰を下ろしたレオンハルトが、優しく肩を抱いてきた。まっすぐに見つめてくるその双眸には熱が籠もっている。

「そうだよ。あなたはもう本当に、私の妻だ」

「でも……私がずっと悩んできたことなのだけれど、退位したとはいえ、王国を見捨てることはできないわ。子に任せるといっても、ずっと先の話よ」

レオンハルトと結婚できないと考えていた理由のひとつとして、アイヒベルク帝国に生涯を通して留まることはできないという問題が挙げられる。君主ではなくなっても、ユリアーナはシャルロワ王国の国王を代行することになったので、王国を統治していく責任があるのだ。

レオンハルトはユリアーナの不安を聞くと、ゆっくりと話し出した。

「一緒に、統治していけばいい。私とユリアーナのふたりでね。シャルロワ王国も、アイヒベルク帝国も。二国は行き来できない距離ではない。私もできるだけこちらに通い、政務を手伝おう」

「ふたりで、ふたつの国を統治する……。できるかしら？」

「アイヒベルク帝国皇帝の私がユリアーナと結婚することを、シャルロワ王国の国民は認めてくれた。国民の理解があれば大丈夫だ。私は次代の王の父として、ふたつの国の行く末をより良いものとしていくとしよう」

レオンハルトと共に国の未来を導いていく。

それは不安を凌駕する、とても明るい行為だ。

――レオンハルトとふたりなら、きっと大丈夫だわ……

今までは、ひとりで王国を担ってきた。でも、これからは――

愛する夫が傍にいる。レオンハルトが力になってくれるのだ。

大きな掌が、そっとユリアーナのお腹をさする。

そこはまだ平らで、膨らみはなかった。

「あ……子ができたことは、まだ確証がないの。医師の診察を受けていないのよ」

「できたと思うよ。毎晩、奥のほうで濃厚な精を注いだからね」

さらりと淫靡なことを言い放つレオンハルトに、ユリアーナのほうが赤面してしまう。

「レオンハルトったら……なんて恥ずかしいことを言うのよ」

「ずっと抱きたくてたまらなかった。……好きだよ」

ちゅ、と頬にくちづけを落とされると、懐かしい感触に胸がいっぱいになった。

「私も……好き」

固く抱き合って、互いの体温を確かめ合う。

ようやく愛する人の腕の中に帰ってくることができた。

好きな人に抱かれながら想いを確かめ合うことができる幸福を、ユリアーナは噛みしめる。

銀髪にくちづけていたレオンハルトが、夜着を纏う彼女の身体をそっと掬い上げた。

「あ……」

軽々と抱き上げられて隣の寝室へ運ばれる。天蓋付きの寝台にかかる紗布を捲ると、そこは愛の営みを行う神聖な空間。

抱き合ったふたりは、純白のシーツに沈んでいく。

ユリアーナは愛しい夫の背に腕を回した。

「今夜は、本当の意味での初夜だ」

「ええ……そうね」

もう、かりそめの夫婦ではない。

レオンハルトと、本物の夫婦になれたのだ。

——私は、初恋の人と、結ばれるのだわ……

長年、密かに思い描いていた夢が実現し、感慨深い思いに包まれる。

レオンハルトは、いつか必ず結婚するという約束を守ってくれた。

ずっと、愛されていた。これからは夫婦として、レオンハルトと生涯を共にしようと改めて心に刻む。

厚い筋肉を纏う逞しい雄の肉体が、指先を通して如実に感じられる。レオンハルトの強靱な身体に触れると、呼応するように腰の奥がじわりと疼いた。

いつの間に、こんなに淫らな身体になってしまったのだろうか。

ユリアーナがすでに昂ぶっていることは、密着しているレオンハルトにも伝わっているようで、彼は首筋にくちづけながら囁いた。

「懐妊指導の成果が出たかな。私の妃は抱きしめただけで淫らな反応を返す身体になってしまったみたいだ」

ちゅ、ちゅと小鳥のように唇を啄むくちづけは、やがて深いものに変わっていく。しっとりと唇を重ね合わせて、濡れる舌を絡め合う。

「そのようね。でも、あなたも……」

くちづけの合間に囁いたユリアーナは、太腿に押しつけられている逞しい雄の存在に気づいていた。

そっと手を伸ばして触れてみると、彼の股間は火傷しそうなほどに熱く、トラウザーズは窮屈そうに布地が張っている。

「キスすれば、すぐに雄はこうなってしまうんだ。あなたが欲しくてたまらない。でも妊娠中の妻だ。今夜は、特に優しくするよ」

ばさりと衣服を脱ぎ捨てた彼は、名匠が丹念に造り上げた彫刻みたいに完璧な肉体を曝す。

何度見ても、惚れ惚れしてしまう。

こくりと息を呑んだユリアーナは、自らの夜着を左右に割り開いてはだけさせた。繊細なレースに縁取られた深い襟が、ぱさりと零れ落ちる。淡い色をした乳首と豊かな膨らみが、ほんの少しの恥じらいを含んで男を誘った。

「きて……私も、レオンハルトが欲しい」

むしゃぶりつかれた乳首は、すぐにじゅうっときつく吸い上げられる。飢えた獣のごとく貪られることで、至上の悦びがユリアーナの身体中に広がっていった。

愛する男に、求められている。

それは心も身体も、すべてを満たす最高の性の悦び。

たわわな膨らみを優しく、時に強く揉みしだかれ、快楽につんと勃ち上がった乳首を舌と唇で愛撫される。

レオンハルトはただ吸うだけではなく、舌先で優しく乳首を突き、そしてゆっくりと捏ね回す。濡らされてきつく張り詰めた尖りをまた乳暈ごと含まれて、じゅるっと吸い上げられた。

指先でも巧みに乳首を捏ね回され、時折きゅっと摘まみ上げられて、たまらない甘い痺れがさざ波のように広がる。

「あっ、あん……それ、すごい、感じるの……」

「紅い果実が美味しそうに、ぷっくりと膨らんでいるよ。どちらも交互に舐めて、しゃぶってあげよう」

絶妙な緩急をつけて舐められ、口中で転がされて愛撫されているうちに、ずくりと疼くユリアーナの腰の奥から濃厚な蜜が滴った。それは、とろとろと蜜口から溢れる。

身体中にキスの雨を降らせたレオンハルトは、柔らかな内股を撫で上げると、秘所を指先でそっと触れた。

「もうこんなに濡れているね。花の蜜を啜ってあげよう」

「あ……まって。私にも、させて。あなたのも、愛したいの」

レオンハルトの肉棒はきつく反り返り、天を穿っている。

ユリアーナは、彼にも愛情を返したかった。

「では、こうしようか」

寝台に仰向けになったレオンハルトは、ユリアーナに身体を跨がらせ頭を逆向きにさせる。

以前騎乗位を試みたことがあったが、そのときとは上に乗っているユリアーナの身体の向きが逆だ。

眼前には猛った雄芯があり、レオンハルトの顔の前には割り開かれた花弁が曝されている。羞恥の極まった体勢に、ユリアーナの頬は朱を刷いたように染まった。

「こんな格好……恥ずかしいわ」

「今、ひくりと花弁が蠢いたよ。もっと恥ずかしいことをしてあげよう」

「ひゃあ……っ」

じゅるるっ、と卑猥な水音が鳴る。

淫唇にくちづけられ、いやらしい水音を立てて蜜を啜り上げられたのだ。

レオンハルトの身体を跨ぎ、腰を掴まれているので、ユリアーナは足を閉じることができない。大きく足を開いて白い尻を突き出し、男の愛撫に身を任せるしかないのだ。

「あっ……あぁん……あ……んっ……」

花弁を舐り、肉芽にも舌を這わせたレオンハルトにねっとりと舐め上げられる。快感に震える尻を撫で回され、濃密な口淫を与えられた。

雄々しい舌が蜜口を辿り、ぬぐと侵入してくる。味わうように濡れた襞を舐り、掻き回された。

たまらない愉悦の波に翻弄されて、ひとりでに尻がふるりと揺れ、ユリアーナは背を反らす。

「私の肉棒も同時に愛撫してほしい。舌を這わせてみてくれ」

「あ、あ……わかったわ」

目の前で猛っている楔を両手でそっと握りしめ、先端を舌で舐めてみた。

ぴくりと反応を返してくれるのが嬉しくて、ユリアーナは大胆に口に含んで大きな笠を舐めしゃぶる。

下肢では密やかな肉芽を指先で剥き出しにされて、執拗に啜られていた。

愛し合うふたりはこうやって、同時に互いの性器を愛撫するのだ。

ふたりで一緒に高まっていけることに悦びを覚え、いっそう身体が熱を帯びる。

レオンハルトの愛撫は巧みで濃厚なため、びくびくと腰が跳ね上がり、意識が快楽に攫われてしまう。そうすると口淫が疎かになってしまうので、ユリアーナは舌先の感触に集中した。

唇で雄芯を扱き、熱心に舌を絡みつける。

くぐもった呻(うめ)き声がレオンハルトの喉元から漏れ、彼が感じてくれているのだとわかった。

彼は仕置きのように、肉芽と花弁の両方を舌で大きく舐(な)め上げてくる。

ユリアーナは身体中のすべてで悦楽を堪能(たんのう)していた。そのまま淫(みだ)らな性技に溺れる。

「ああ、降参だ。あなたの温かい口の中が気持ち良すぎて、このままでは達してしまう」

「んっ、ん……いいのよ、このまま、達して」

「そういうわけにはいかないな」

ユリアーナの腰を掴んだレオンハルトは身体を反転させて体勢を入れ替えた。今度はユリアーナがシーツに背をつける格好になる。

「あっん……」

「さあ、今度は蜜壺で私の楔(くさび)を受け止めてくれ。溢れるほど、奥にたくさん注ぎたい」

淫(みだ)らな愛撫(あいぶ)で濡れた花弁に、猛(たけ)った楔(くさび)の先端が押し当てられる。

ぐちゅりと濡れた音を立てて、熱杭はその身を沈めていった。

「あっ……あっ……入って……あぁん……」

ずくり、ずくりとひと突きされるごとに、濡れた肉襞(ひだ)が蠕動(ぜんどう)して雄芯を迎え入れる。

すべてを収めたレオンハルトは身体を倒して、雄を受け入れた柔らかい身体を抱きしめた。陶然として深い息を零す。

「いいよ……とても気持ちいい」

「私の中、気持ちいいの？」

「ああ、最高だ。こうしていると、幸せだと感じるよ」

ユリアーナは逞しい背に腕を回して、レオンハルトを抱きしめ返す。

愛する人と抱き合う悦びを分かち合うのは、途方もない幸福感を生み出した。

「私も……とても幸せだわ。レオンハルトと結ばれて、本当に幸せよ」

「ユリアーナもそう感じてくれて嬉しいよ。これからも、たくさん愛の営みを行おう」

奥まで押し込まれた楔が、ゆるりとした抽挿を始める。

ずちゅずちゅと濡れた水音が散らされるたびに、最高の快楽が身体を駆け巡った。

「あっ、あっ……はぁ……あん」

レオンハルトが快感に溺れるユリアーナの顔をじっと見つめる。

「私の目を見てくれ。見つめ合いながら、一緒に達したい」

「あ、あ……レオンハルト……好き、すきぃ……」

「私もだ。愛しているよ。私の花嫁」

愛を交わしながら、互いの瞳を見つめ合う。

熱を帯びた紺碧の眼差しを一心に向けてくる彼は、艶めいた雄の魅力を纏っている。

逞しい楔で貫かれ、ユリアーナはゆさゆさと身体を揺さぶられた。

愛し合うふたりは視線を絡ませつつ、一緒に快楽の高みへ昇りつめていく。

「あ、あっ、あっ、いく……いっちゃうの……あ、あぁあんっ――……」

共に官能を極め、純白の世界を抱き合って飛行する。

ぐっと最奥に押しつけられた先端から迸る白濁が、滔々と子宮へ注がれていった。

肌の表面から奥深く魂まで、全身で互いの存在を確かめ合う。

宙へ投げ出されたと思った身体は、しっかりとレオンハルトに抱きしめられていた。

ユリアーナは、覚束ない空中にひとりでいると思い込んでいたけれど、実はずっと、こうして彼の腕の中にいたのだ。

初めから――おそらく、薔薇園で将来を誓い合ったときから。

優しく髪を梳かれ頬にくちづけられる。

「愛している……生涯、大切にするよ」

「ええ……私も……愛しているわ」

再び、誓いのキスは交わされた。ふたりの呼吸は、甘く絡み合う熱に変わる。

初夜の営みは天空に星々が瞬き、暁の中に消えるまで、密やかに続けられた。

終章　幸せな結末

ゆりかごから、赤子の声が響いていた。

穏やかな陽射しが降り注ぐ薔薇園(ばらえん)で、ユリアーナとレオンハルトは共にゆりかごの赤子をあやす。

大聖堂で懐妊を宣言したユリアーナは、後日、医師の診察を受けた。

その結果、懐妊したと診断される。

月日が経過したのち、無事に男の子が生まれた。シャルロワ王国は国王誕生に沸いている。

直系の王族であるユリアーナと皇帝レオンハルトの子は、正統なシャルロワ国王であると元老院に認定された。五世代の条約を守る、最後の国王である。

王位簒奪(さんだつ)を謀(たばか)ったドメルグ大公とクリストフには恩赦(おんしゃ)を与え、田舎(いなか)の領地に隠居させた。あれから一年以上の歳月が経ち、心を入れかえて農民と共に畑を耕し始めた彼らも、国王誕生を密かに祝っているという。

ユリアーナはまだ赤子である国王が成人するまでの間、国王代行として王宮に留まり、王国の政務を行っていく。レオンハルトと結婚しアイヒベルク帝国皇妃の位を有しているが、今は子にかかりきりなので中々帝国へ赴けず、皇妃としての公務は充分に果たせていない。

けれど国王が成長するに従い、レオンハルトの妃としての責務を全うしていこうと考えている。

レオンハルトは明るい笑顔で、うとうとしている赤子の小さな手を握った。

「エミールはもう、おねむか。赤子は本当によく眠る。見るたびに大きくなっているのだから、眠っているうちに育っているのだな」

五世代目のシャルロワ国王は、エミールと名付けられた。

レオンハルトに似て金髪と紺碧の瞳を持った子は、聡明そうな顔立ちをしている。そして、眠っているときは無防備な天使だ。

ユリアーナは子を可愛がる夫の姿に目を細めていたが、ふと物憂く問いかけた。

「レオンハルト……毎月のように私とエミールに会いに来てくれて、大変ではない？エミールをあやすだけではなくて、政務も手伝ってくれているでしょう？」

レオンハルトはアイヒベルク帝国の政務で忙しいというのに、合間を縫ってシャルロワ王国を訪れてはユリアーナと子に会ってくれるのだ。

　ふたりで決めたこととはいえ、彼に負担を強（し）いているのではないかと、ユリアーナは時々心配になる。

　けれど、夫となり父となったレオンハルトは、口端を引き上げて悪い男の笑みを形作った。結婚してからもその雄々（おお）しい魅力は少しも損なわれず、さらに増しているようにも思える。

「大変だなどと、全く感じないよ。そんなふうに思うなら初めから来ない」

「初めから？」

　初めからというのは、いつのことだろう。

　首を傾（かし）げるユリアーナの銀髪に、風の悪戯（いたずら）で降ってきた薔薇（ばら）の花弁が寄り添う。レオンハルトは手を伸ばしてその花弁を抓（つま）みながら、極上の笑みを零（こぼ）した。

「この薔薇園（ばらえん）で、初めて幼い頃にあなたと会ってからだ。あのときから私は、何かと理由をつけては足繁くシャルロワ王国に通っていたからね。即位して以降は多忙すぎて時間が見つけられなかったが、こうしてまた訪れることができて嬉しい。今は堂々とユリアーナの夫として、エミールの父として歓迎されるのだ。家族が待っていてくれて、とても幸せだよ」

「まあ……どうやら私は、あなたの奸計に嵌まってしまったみたいね」

すべてレオンハルトの策略であったようだ。

今まで自分は孤独な君主だと気を張っていたのに、レオンハルトがずっと見守ってくれていたのだと知る。

薔薇園の誓いは、果たされたのだった。

レオンハルトは優雅な笑みを刻み、薔薇の花弁を唇に挟んだ。

「初恋を叶えるためだからね。あなたを妃にできるのなら、私はなんだってできる」

「私も初恋だったわ。隣国の皇子さまに恋していたの」

見つめ合うふたりの傍で、ゆりかごのエミールはすでに安らかな寝息を立てている。

控えていたロラを手招いたレオンハルトは、彼女にエミールを任せてユリアーナの手を取った。

「薔薇園での初恋の続きをしよう。赤ちゃんができたら、結婚してくれるという約束だったね」

「もう赤ちゃんも生まれたし、結婚もしたわ。これ以上あなたは何を望むのかしら？」

「ふたりめの子だ。私は愛する妃を淫らに啼かせて、たくさんの精を注ぎたい」

くすりと微笑みを零して寝室に入り、ふたりは天蓋付きの寝台に沈み込む。

ユリアーナの銀髪が、さらりと純白のリネンに舞い散った。

「そうね。次の子は帝国の皇帝を継がなければならないわ。また男の子がいいかしら？」

「女の子もいいいな。十人は子が欲しい」

くちづけの雨が降る中、着々とドレスが脱がされる。ユリアーナの裸体は紗布から透ける陽光に輝いた。

「そんなに？　エミールが成人しても、私は子を孕んでいそうね」

ユリアーナの声は、すぐに甘い喘ぎ声に取って代わる。

寝台を軋ませながら、ふたりの身体は淫らに揺れ続けた。

「そうだとも。何度でも孕ませるよ。懐妊指導に、終わりはないのだから……」

レオンハルトはそう呟くと、妃の身体の奥に濃厚な精を注ぎ込んだ。

時は流れ、五世代目のシャルロワ国王エミールは成人した。彼は条約に従い、王国の領土を約束どおりアイヒベルク帝国に譲渡すると申し出た。

だが父である皇帝レオンハルトの提案により、新たな条約が結ばれることとなる。

それは旧シャルロワ王国の領土はエミール国王が統治するものとし、両国の和平を末永く結んでいくというものだ。

平和を願う国王と皇帝の取り決めた新たな条約を、国民は新しい時代の到来として歓迎した。もとよりエミール国王とレオンハルト皇帝は父子であり、エミールは幼い頃より父を大変尊敬して育ったので、新しい条約を快く受け入れている。

五世代の条約は、永久条約へ変わった。

こうして五世代の条約は無事に最後まで履行(りこう)されたのだ。

そしてユリアーナは、エミール国王の成人と新しい永久条約締結を見届けたあと、アイヒベルク帝国皇帝の妃として帝国の宮殿に居を移す。

彼女はレオンハルトとの間に、生涯で十人の子をもうけた。

王女から皇妃へと華麗に転身したユリアーナの伝説を、国民は末長く語り継いだ。

皇帝レオンハルトの隣に座るユリアーナ妃に会った者は、口を揃えて言う。

皇妃はいつ見ても少女のように美しく、ほのかに薔薇(ばら)の香りを匂わせていたと――

番外編

皇子の密やかな恋

金髪の美青年は紺碧(こんぺき)の双眸(そうぼう)を眇(すが)め、物憂(ものう)げな溜息を吐いた。

ここ、アイヒベルク帝国の宮殿は覇者の国らしい荘厳さに満ち溢れている。

歴史ある大宮殿はあちらこちらに華麗な装飾が施(ほどこ)され、磨き上げられた大理石の床には果てしなく緋(ひ)の絨毯(じゅうたん)が敷かれていた。高い天井には輝きを放つ幾つものシャンデリアが吊り下げられて、その下を数百人の召使いたち、皇族の従者たち、そして由緒ある家柄の貴族たちが行き交う。

広大な部屋にずらりと並べられているのは、戦場で名将が着用した青銅の甲冑(かっちゅう)、そして帝国騎士団を率いた歴代の皇帝たちの肖像画だ。皇帝の権威あるその部屋を見た者は、必ず帝国に忠誠を誓うという。

ただし、金髪の美青年――皇子であるレオンハルトの部屋は独特だった。

意匠(いしょう)を凝(こ)らした椅子、重厚なマホガニー製の机、天鵞絨(ビロード)のカーテンなどの調度品は次期皇帝たる身分に相応しい趣のある品物だが、彼の部屋には至るところに薔薇の花が飾られているのだ。

赤、白、紫……様々な品種と色の花が束になり、花瓶に生けられている。皇子の部屋に入室する者は、噎せ返る薔薇の香気を吸い込むことを覚悟しなければならない。

レオンハルトは専属の庭師を雇い、庭園の一角に様々な薔薇を植えさせていた。皇子の部屋の窓からは、庭園に咲き誇る薔薇の花が見渡せるように設計されている。

よほどの薔薇好きなのだろう――それが周囲の見解だったが、実はレオンハルトは薔薇そのものを好んでいるわけではなかった。

真の理由は、皇子の第一侍従であるディートヘルムのみが知っている。

「……というわけで、今回こそは逃れられませんよ。明日は必ず、キルヒナー公爵とその令嬢を交えた食事会に出席していただきます」

ぼんやりと真紅の薔薇を眺めつつ、レオンハルトは念を押す侍従の台詞を聞き流していた。

眉を跳ね上げたディートヘルムが言葉を切り、嘆息する。

「レオンハルト様？　聞いてますか？」

「聞いていない」

「……気が進まないのは承知しております。薔薇の君のことを考えていらっしゃるんでしょう。しかしですね、陛下に説得される俺の身にもなってください。キルヒナー公爵は帝国の重鎮です。かの公爵令嬢とレオンハルト様が婚姻を結べば、帝国の安定した皇位継承が約束されて、陛下もご安心できるのです。それなのにレオンハルト様ときたら、何度もパーティーや会食の予定を断って、そのたびに陛下は……」

ディートヘルムの説教は延々と続く。

彼の言う『薔薇の君』とは、シャルロワ王国の王女ユリアーナのことであった。

レオンハルトには心に決めた女性がいる。

それが王女ユリアーナだ。

彼がまだ少年だった頃、父である皇帝と共にシャルロワ王国を訪問したとき、出迎えてくれた愛らしい王女に一瞬で心を奪われた。

陶器みたいに滑らかな肌、透きとおった碧色の瞳、絹糸のような銀髪。そして可愛らしい声で、「はじめまして、レオンハルト皇子。ユリアーナでしゅ」と舌足らずに挨拶して微笑んでくれた。

彼女の笑顔を守るのは、この私しかいない。

雷に撃たれたかのように、身体中に確信が駆け抜けた。

それ以来レオンハルトは、何かと理由をつけてはシャルロワ王国を単独で訪問した。

無論侍従は付き従ってくるので、ディートヘルムも何度も同行したことがある。そのときのレオンハルトの態度を見て、我が主はユリアーナ王女に惚れているのだと察したようだ。宮殿内でユリアーナを名指しし邪推する輩に聞かれては困るので、『薔薇の君』という名称がふたりの間で付けられた。

ユリアーナと親しくなるほど、彼女は純粋で心優しく、穢れを知らない女性だとわかり、レオンハルトはいっそう惹かれていくばかり。

恋に溺れた皇子は、今日も淡い溜息を吐く。

毎日でも会いたいくらい好きなのに、隣国の王女であるユリアーナには中々会えない。そればかりか、互いの立場を考えれば、将来は結婚できない間柄だ。

一国の君主は国を守るもの。唯一の王の嫡子であるユリアーナが他国に嫁ぐなど、ありえない。直系の血族のみが王位に就けるという五世代の条約も絡んでいるので、ふたりの結婚はほぼ絶望的な状況だ。

好きな人と結婚できないのに、何が帝国の次期皇帝か……と切なくなってしまう。

レオンハルトは、ユリアーナの代わりとして庭園に植えさせた、薔薇を眺めていることくらいしかできない。

そう、彼は薔薇そのものが好きなのではなく、ユリアーナに見立てた薔薇を愛でているのだった。

――ああ、会いたい。

今頃ユリアーナはどうしているだろうか。

シャルロワ王国の薔薇園で誓った結婚の約束を、彼女は今も覚えていてくれるだろうか。

レオンハルトは以前、まだ幼いユリアーナに求婚したことがある。

彼女は嬉しそうに受け入れてくれた。赤ちゃんができたらという大胆な条件には驚かされたが、よく考えてみれば、あれはユリアーナの他に王位を継ぐ者がいればという意味だったのだろうと推察できる。

五世代の条約に縛られたシャルロワ王国の、次の玉座にはユリアーナが就く。その重責と国家の命運を、幼い彼女は理解していたのかもしれない。

そうすると、プロポーズを受けてくれたのではなく、やんわりと断られたとも受け取れた。

いや、あれは、君主になるからあなたの妃にはなれないということだ。嫌いだからではない。

五世代の条約を軸としたシャルロワ王国の継承問題を解決できれば、ユリアーナを妃に迎えることができるのだ。

そのための周到な用意はすでに行っている。

だが、ユリアーナと結婚するためには他にも様々な障害があった。

そのひとつが、近頃勧められている結婚話だ。

君主と結婚するのは国内の有力貴族と相場が決まっている。

それゆえ次期皇帝であるレオンハルトには、娘を妃にしようと目論む帝国貴族たちがこぞってパーティーへの招待や会食を申し出てきた。

その中で、もっとも有力な貴族であるキルヒナー公爵の令嬢が妃候補として挙がっている。安定した皇位継承のためなどというもっともらしい理由で、周囲は公爵令嬢と親密になることを推し進めてくるのだ。

鬱陶しいこと、この上ない。

公爵令嬢には渋々一度だけ会ったが、彼女はわざとらしく目眩を起こしたふりをしてレオンハルトの胸に倒れ込んだ。咄嗟に避けると、令嬢は舌打ちしながら自分で体勢を整えた。

あのような小賢しい女の顔なぞ見たくもない。

彼女らが欲しているのは妃の椅子であって、レオンハルトを愛しているわけではない。だから無理やりにでもその椅子に座ろうと彼の気持ちを無視した姑息な手段を使ってくる。

自分の妃は、自分で選ぶ。

――私が妃にする人はただひとり、ユリアーナだけだ。

レオンハルトの意志は揺らぐことがない。

そのとき、ディートヘルムの小言を遮(さえぎ)るかのように、部屋の扉がノックされた。

「入れ」

慇懃(いんぎん)に礼をした従者は、シャルロワ王国へ偵察に向かわせていた者のひとりである。ディートヘルムは皇子の最たる側近なので常に付き従っているが、他にも幾人もの信頼できる従者を抱えているレオンハルトは、そのほとんどを密かにシャルロワ王国へ派遣していた。

「ただいま帰還いたしました、皇子。大公家の図面、その他の資料を入手いたしました」

「よくやった。褒美を取らせる。早速、図面を見よう」

揚々(ようよう)と椅子から立ち上がったレオンハルトは、従者が机に広げた図面にじっくりと見入る。ディートヘルムが訝(いぶか)しげな目で、ちらりと図面を眺めた。

「これの何が面白いのですか？」

「大変興味深いではないか。これはな、ドメルグ大公の邸の図面だ」

「シャルロワ王国の王弟ですね。至って普通の邸に見えますが……なぜこんなものを、わざわざ従者に探らせるのです？」

レオンハルトは優雅な笑みを浮かべた。美貌の皇子の瞳の奥には、策謀の色が湛えられている。

「この図面を覚えることが、我々と大切な人たちを救うことになるかもしれないからだ」

「はあ……」

わけがわからないといったふうに、ディートヘルムは首を傾げた。

それを無視してレオンハルトは従者に調べさせた他の事柄を確認する。

ドメルグ大公の最近の動向や息子のクリストフの様子、彼らと近しい貴族や側近の名簿、さらには邸の土の種類まで。

やがてすべての報告を終えた従者は退出した。ディートヘルムが肩を竦める。

「このようなものを調べさせるなら、『薔薇の君』の様子を探って報告させたほうが良いんじゃないですか？」

「それは良くない」

「なぜです？　レオンハルト様がもっとも知りたいことでしょう」

「たとえ私の従者であろうとも、他の男の目にユリアーナが映ることは許しがたい」

「……さようですか」

ディートヘルムに可哀想なものを見るみたいな目を向けられるが、レオンハルトは至って大真面目である。

こうしている間にも、王配の地位を狙う男がユリアーナに近づいていないか心配でたまらない。ドメルグ大公の息子であるクリストフ以外の結婚話がないことは、他の従者に逐一確認させているが……

唯一の救いは、シャルロワ国王が「まだ結婚は早い」と大公を制していることだ。

ドメルグ大公の策略は見え透いている。

卑怯な手段を使って、王の祖父の椅子に座ろうというのだろう。

キルヒナー公爵令嬢のように、権力に固執しているのだ。

「そうはいかない。作戦の指揮を執るのは、私だ」

レオンハルトは怜悧な双眸を燃え立たせた。

大公が温厚な人であれば交渉の余地もあったろうが、彼はアイヒベルク帝国にあまり好意的ではないらしい。五世代の条約を悪とみなす言動が度々、報告されている。ドメルグ大公はユリアーナにクリストフの子を産ませたのち、彼女を排除するかもしれない。

ユリアーナと結婚するには、いずれ彼と決戦のときを迎えることになるだろう。彼女の地位を安定させ、命を守らなければ、その先の幸福などありえないのだから。

ディートヘルムが小さく嘆息する。

「……今のレオンハルト様は獲物を狙う飢えたコヨーテのようです。聡明で優美と名高い皇子の裏の顔を知るのは、俺しかいなくて良かったですね」

ふっ、とレオンハルトは目の力を緩めた。

貴族の子弟であるディートヘルムは有能な男で、騎士の称号も得ている。

幼い頃から大勢の従者見習いを付けられたが、レオンハルトは赤銅色の髪をしたこの男を第一の侍従に選んでいた。物事をはっきり口にするので、中々爽快なのだ。

レオンハルトは猛獣の本性を押し隠して、いつもの優美な皇子の顔に戻る。

「ディートヘルム、おまえとは長い付き合いだ。今でも覚えている。平伏する従者見習いたちの中で、おまえだけは顔を上げ、強い双眸で私を見返していた。当時の侍従長が頭を下げろと叱責したら、おまえはこう答えたな。『主君が攻撃を受けたら盾にならねばなりませんので、目を離すことはできません』と。あのときは胸を打たれた。唖然とした侍従長の顔は見物だったしな」

唐突な昔話に、ディートヘルムが片眉を跳ね上げる。

「その場でレオンハルト様は俺を第一侍従に指名してくださいましたね。感謝しております。……それで、突然そんな話をするということは、俺に何か頼み事があるんですね？」

「察しがいいじゃないか」

「わかりますよ。長い付き合いなので。腹黒いレオンハルト様のことですから、またよからぬことを企(たくら)んでいるのでは？」

腹黒いという表現にあえて訂正はしない。

これからディートヘルムに頼むことは、まさしく悪巧(わるだく)みなのだから。

レオンハルトは口端を引き上げて、特注した金髪の鬘(かつら)を取り出した。

外套(がいとう)を羽織(はお)ったレオンハルトは、人目につきにくい宮殿の裏口の門をくぐった。愛用の馬を駆り、華やかな帝都を抜けて旅人の行き交う街道へ向かう。

深くフードを被(かぶ)り、茶毛の馬に乗るレオンハルトに目を留める者はいない。

キルヒナー公爵令嬢との会食は、金髪の鬘(かつら)を被(かぶ)ったディートヘルムが出席する手はずになっている。

この計画を提案すると、ディートヘルムは無謀だと述べた。キルヒナー公爵と令嬢はレオンハルトと面識があるので、別人がなりすましていたら、それは驚くだろう。

だが案外、何も言い出さないのではないかとも、レオンハルトは思っているのだ。

彼らが用があるのは皇子の椅子に座っている男であって、レオンハルト自身ではないのだから。

影武者となったディートヘルムを籠絡し、それが公になれば妃への道筋がつくのでは、と考えを巡らせるかもしれない。

レオンハルトはフードの下で、人の悪い笑みを浮かべた。

「ディートヘルムの困り顔が見られないのが残念だな」

あとはディートヘルムが適当に公爵令嬢の相手をしてくれればいい。

密かに宮殿を抜け出したレオンハルトは異国の愛しい人を想い、晴れ渡る空を見上げた。

——ユリアーナ……今、会いに行く。

疾走する馬はシャルロワ王国との国境を目指す。

レオンハルトは手綱をしっかりと握りしめ、姿勢を低くした。

景色が次々に移り変わる。やがて辺りは薄暗くなり、深い森に差しかかった。

もう夜になったらしい。

一刻も早くユリアーナの顔を見たいと、気持ちは急いているのだが、馬に疲れが見え始めてきた。レオンハルトは今日はここまでとする。

手綱を引いて馬から下り、川のせせらぎを耳にしたので、馬を連れていって水を飲ませた。

ごくりごくりと水を飲む馬を横に、彼は川辺にごろりと寝転ぶ。

アイヒベルク帝国の皇子が供の者もつけず、森の中で寝転がっているとは誰も思うまい。爽快な気分だ。常に大勢の従者や召使いに囲まれ傅かれて辟易しているので、たまにはこんなふうに自由に過ごすのが楽しいのだ。

空を見上げると、夜空に大粒の星々が煌めいている。

――同じ空を、ユリアーナも見ているだろうか……

会いたいという衝動は、突き上げるように唐突に湧いてくる。

それは宮殿の廊下をただ歩いているときなど、なんでもない瞬間に込み上げるのだ。

会いたい、会いたい、会いたい。でも、会えない。

どうしようもない葛藤に責め苛まれ、いつも押し込めるのに苦慮する。

その正体が何かということに、レオンハルトは気づいていた。

恋だ。

あの人に会いたいという恋心が、衝動や葛藤を抱かせるのである。

レオンハルトの心の中で、常にユリアーナの面影が離れることはない。ただ隣国の王女だから頻繁に会うことはできないという理屈で、納得しているふうを装っているだけなのである。

理屈で恋心を抑え込むことができるのは、一時だ。

叶うならば、毎日会いたい。否、一瞬たりとも離れたくない。

いつも隣に目を向ければ彼女がいるという状況でなければ、心からの安堵は得られないだろう。

この焦燥とはすでに長く付き合っていた。

――いつか必ず、ユリアーナを私の妃にする。

その決意こそが、レオンハルトの心に通る鋼の意志の源だ。

やがて東の空に暁が訪れる。

早々に馬に乗ったレオンハルトは、一路シャルロワ王国へ向かった。

国境の渓谷を越え、長閑な田園の広がる領内へ。もちろんレオンハルトが皇子だと気づく者はいない。馬を駆り、その日の昼過ぎには王宮へ辿り着けた。

「見えた……王宮だ！　ユリアーナ……！」

愛しい人の名を口にしただけで、胸が熱くなる。

王宮の裏口へ回り、馬を下りて、召使いが使う通用門をくぐった。

ドメルグ大公の邸の図面を入手するもっと以前に、王宮の見取り図は調べ尽くしている。

レオンハルトは幼いユリアーナとよく遊んだ薔薇園を通り抜けた。

彼女に再会するのは数年ぶりだ。近頃は皇子としての公務が多忙であることや、結婚話が持ち上がっていることもあり、シャルロワ王国を訪問する機会をすっかり失っていた。

今はユリアーナもすっかり成長したことだろう。元気だろうか。私の顔を見た途端に、嫌がられたらどうする……

期待と不安が綯い交ぜになった胸を抱えつつ、王女の部屋の窓を見上げる。

ユリアーナの部屋は三階だ。壁には蔦など、上っていける物は見当たらない。

レオンハルトは懐から横笛を取り出した。

吹くと、小鳥がさえずるような流麗な音色が響く。

カチリ、と部屋の窓が開けられた。

窓から辺りを見回したユリアーナが、レオンハルトの姿を目にして驚きの声を上げる。

「まあ……あなたは……レオンハルト皇子ではないの⁉　どうしてここに」

久しぶりに会うユリアーナは愛らしい少女の面影を残しつつも、美しい女性へ変貌を遂げていた。

愛しい人を目にしたレオンハルトの胸は高鳴り、感極まる。

「やあ、ユリアーナ。元気そうで良かった。あなたに会いたくなった私は羽根が生えたので、ここまで飛んできたのだよ」

軽やかな声音で冗談を言う。

ユリアーナに会ったことで、これまでの焦燥や憂鬱はすべて霧散した。

ただ、愛しい。その核だけが胸に残る。

それはとても温かくて、心が浮き立つものだ。

室内を振り返ったユリアーナが乳母に呼びかける。

「ロラ、来てちょうだい！　アイヒベルク帝国のレオンハルト皇子がこちらに――」

「ちょっと待ってくれ、ユリアーナ！」

レオンハルトは慌ててユリアーナを止める。

帝国の皇子が訪問していると明らかになれば、国を挙げて歓待される。こっそり帝国を抜け出してきたので、それは困る。何より、そんなことになったらユリアーナと過ごす時間が限られてしまうではないか。

レオンハルトは自身の焦燥を微塵も表に出さないよう、優雅な笑みを浮かべた。大仰に両腕を広げて、窓辺のユリアーナを見上げる。

「私は皇子ではない。名はレオンだ。あまりにも美しい王女に見惚れてしまったので、鳥の私は羽根をしまい、人間のふりをしてあなたに声をかけているのだよ」

「まあ……でも……」

「窮屈な王宮に閉じ込められているあなたを攫いに来た。ひとときだけ、私と遊びに行かないか？」

すると、ユリアーナは、くすりと微笑んだ。鳥のレオンだと名乗るレオンハルトの事情を理解してくれたらしい。

室内に現れたらしい乳母の声が聞こえた。

「ユリアーナさま、どうかなさいましたか？」

「ううん、なんでもないの。ちょっと散歩に行ってくるわね」

ユリアーナが窓辺を離れた。他の人に見つからないために、レオンハルトは木陰に身を潜める。

——来てくれるのだろうか……

たとえ散歩だろうと、王女がひとりで出歩くなんて許されるわけがない。

木漏れ日を浴びながら、どきどきと胸を弾ませて待っている。ユリアーナが駆け足で戸口から出てきた。

「ユリアーナ……！」

愛しい人が目の前に現れた感激に、思わず両手を広げると、その腕の中に彼女は飛び込んできてくれた。

柔らかな身体を、しっかりと抱き留める。ユリアーナの感触に、心からの安堵が零れた。

幾千もの眠れない夜を、会いたいと唱えながら過ごした。今頃どうしているだろうと、あれこれ想像もした。

それらの葛藤も焦燥も、ユリアーナをこの手に捕まえてしまえばすべて乗り越えられる。

「会いたかった……ユリアーナ……」

「レオンハル……いえ、レオン。突然で驚いたわ。もしかして、ひとりなの？」

「そうだよ。私の正体は鳥だからね。今日は供の者はいないよ」

ユリアーナは困った顔で見上げてきたが、すぐに嬉しそうに微笑んでくれた。その笑顔はまるで咲き誇る薔薇のごとく、華やかな気品に溢れている。

——ああ、やはり、好きだ。

彼女の笑顔も無論好きだけれど、顔だけが好みなのではない。

ふとしたときに見せる彼女の優しさ、滲(にじ)み出(で)る気高さ、レオンハルトを見つめてくる純粋な瞳。それらすべてが好きなのだ。たとえ彼女に欠点といえるところがあろうとも、それも含めて包み込みたい。

愛しい人を捕まえたレオンハルトの顔からは、これまで刻んでいた眉間の皺(しわ)がすっかり消えていた。揚々(ようよう)としてユリアーナの手を取り、木陰(こかげ)の小道を通る。

「さあ、ふたりきりで遊びに行こうじゃないか。たまには息抜きも必要だろう？」

「ええ、そうね。近頃は講義ばかりで、とても疲れていたの。レオンハ……レオンが来てくれて、ほっとしたわ」

いつも会っていた王宮内の薔薇園(ばらえん)は召使いに見つかってしまうので、今日は行けない。

レオンハルトはシャルロワ王国の地図を思い描いた。

「それは良かった。どこに行こうか……湖はどうかな？　湖畔(こはん)を散歩したり、ボートで船遊びもできるよ」

「いいわね。行ってみたいわ」

王宮から程近い場所にある湖ならば、貴族たちの憩(いこ)いの場として利用されていて、治安は良いはずだ。

ふたりは王宮の裏門からこっそりと出た。手を繋ぎながら、ゆるりと湖までの道のりを歩いていく。

繋がれた手の温かさが、じんわりとレオンハルトの心に染み入る。

王宮は街から少々離れた場所にあるので、周囲には緑豊かな森が広がっていた。温かな陽射しが降り注ぐ、気持ちの良い日だ。蒼穹（そうきゅう）には小鳥たちが飛び交っている。

ユリアーナにとっては毎日目にしている自国の風景のはずだが、彼女は目を輝かせて辺りの景色に見入っていた。

「どうしたんだい？　何か珍しいことがあったかな？」

「ええ……季節が移り変わって、すっかり木々の葉が成長したことに驚いているの。恥ずかしいのだけれど、私はいつも王宮にばかり籠（こ）もっていて、外を散歩するのは久しぶりなのよ」

「出かけたくないわけではないんだろう？　侍女か乳母（うば）と一緒なら、外出できるんじゃないかな」

不思議に思い、レオンハルトは首を傾（かし）げる。

ユリアーナは微苦笑を浮かべて、目を伏せた。そんな表情は初めて目にするもので、とても大人びて見える。

彼女はもう、ままごと遊びをしていた子どもではないのだな……と、レオンハルトは見惚（みと）れつつも痛感した。

「いつも講義やお父さまのお手伝いで忙しいから、あまり自由な時間がないの……。でも、今日は大丈夫よ。ロラは私の乳母（うば）だから、味方になってくれるわ」

ユリアーナは次期王位継承者として、厳しく教育されているのだ。そのため、自由などないのだろう。

レオンハルトも無論次期皇帝として視察や会議に忙殺される日々だが、講義などは度々（たびたび）抜け出して街へ遊びに行っている。そんなときはディートヘルムを身代わりに置くのが常套手段（じょうとうしゅだん）だ。

次期皇帝としての心構えを説く講義などは聞かなくて良い。皇帝になったこともない教師に講釈されても、実体験を伴（ともな）っていないので話が空虚なのだ。全く無駄である。

けれどユリアーナは真面目にすべての講義をこなしている気がしてくる。そんなところにも惹（ひ）かれているが……彼女の性分を考えると、父王から受け継いだ玉座を投げ出してレオンハルトの妃になるなどとは、死んでも言い出さないだろう。なんなら、シャルロワ王国と心中しかねない。

——難しい立場の女性を好きになってしまったな……

だが、それだけ攻略しがいがあるというものだ。

前向きに考えたレオンハルトは繋いだ手にほんの少し力を込めて、柔らかい手を握りしめた。

「私が公務を手伝うよ。いつでも呼んでほしい。飛んでくるから」

「うふふ。ありがとう、レオン……。優しいのね」

完全に冗談と受け止められてしまった。

皇子レオンハルトとしての立場上、他国の政務を手伝えるわけがないのは周知の事実だ。

だが、いずれはユリアーナごとシャルロワ王国を支えることを想定しているので本気である。今は口にしても説得力に欠けるだろうが……

「優しいのは、あなたにだけだ」

「まあ、そんなことを言って」

微笑みを交わしつつ道を行き、やがて湖が見えてくる。

美しい湖畔は水と緑に溢れ、憩いを求める人々が寛いでいた。水面が陽の光を撥ねて、きらきらと煌めいている。ちらほらと湖に浮かぶボートには、それぞれ恋人同士らしきふたりが乗っていた。

　穏やかな湖は、恋人同士が愛を語らうのに相応しい場所だ。

　レオンハルトは隣にいるユリアーナに目を向けた。

　彼女は微笑を浮かべて見返してくれる。

目を向ければいつでも、愛しい人が傍にいる。その幸福をレオンハルトは噛みしめた。

「今日は天気が良くて気持ちが良いね。ボートに乗ろうか」

「ええ、素敵ね。私、ボートには初めて乗るわ」

「そうなのか。実は私もなんだ」

　湖畔を散策している人々はそれぞれが大切な人との休息を謳歌しているためか、ユリアーナとレオンハルトに目を向けることはない。ふたりはどこにでもいる仲睦まじい恋人に見えているのだろう。

　岸辺のボート乗り場までやってきた。小さな手漕ぎのボートはちょうどふたり乗りで、向かい合って乗る形だ。

　だがボートを見たユリアーナは、戸惑った表情を浮かべる。周囲に聞こえないよう、こっそり耳打ちしてきた。

「レオン……大変だわ」

「どうしたのかな？」

耳元に吹きかけられる温かな呼気がくすぐったい。

思わず雄が張りそうになり、レオンハルトは奥歯を食いしばって耐えつつ笑顔を見せた。

「このボートは手でオールを漕ぐのだわ。従者がいないから漕ぎ手がいないの」

「心配ないよ。優秀な漕ぎ手が、ここにいるじゃないか」

レオンハルトは自らの胸を指差した。目を丸くしたユリアーナは、いっそう耳元に唇を寄せてくる。

嬉しいけれど下半身が落ち着かないので困ってしまう。皇子といえど、レオンハルトは年頃の男なのだ。

「まさか、あなたが漕ぐというの？　だって、皇子ともあろう人が……」

ふいに顔の向きを変えたレオンハルトは、ユリアーナの唇の端に、チュッとキスをした。

大胆な行為に、ユリアーナは碧色の目を大きく見開く。

「今の私は皇子レオンハルトではない。あなたに惚れて人間に姿を変えた、鳥のレオンだよ」

艶めいた微笑を向けると、ユリアーナは花の蕾が綻ぶような笑みを見せた。

この笑顔を守るためなら、なんだってできる。法律を変え、悪人を懲らしめ、国を救ってみせる。それに比べたらボートを漕ぐことなど朝飯前ほど容易い。

「そうだったわね。じゃあ……漕ぎ手をお願いするわ。レオン」

「安心して任せてくれ。これでも乗馬や剣の鍛練で鍛えているからね。体力には自信があるんだ」

先にボートに乗り込んだレオンハルトは、恭しく掌を差し出す。

「さあ、どうぞ。美しい王女さま」

「ありがとう、レオン。でも今日だけは私も、王女ではない別の人物になってみたいわ」

ユリアーナの白い手を取り、身体を支えてボートの座席へ座らせた。

向かいに腰を下ろしたレオンハルトはオールの持ち手を握り、正面から愛しい人に微笑みかける。

「そうだね……。それじゃあ、私の恋人……なんてどうかな？」

茶化して言ってみたが、ユリアーナは朗らかに笑ってくれた。屈託のない笑みは年相応のものだ。

「いいわね。じゃあ、今日の私はレオンの恋人よ」

どきん、と鼓動が甘く跳ねる。

否定されたら冗談だよと言うつもりだったが、ユリアーナは快く了承してくれた。あくまでも、今日一日限定の恋人ということだが……

それでも、とてつもなく嬉しい。

レオンハルトの胸は急速に高鳴る。

——恋人……なんと素晴らしい響きなのだろう。好きな人から口にされると、より特別な輝きをもたらしてくれる。

オールを持つ手に自然と力が漲(みなぎ)った。ボートはゆっくりと湖を滑り出す。

初めての経験だが、生きている馬を操るよりはずっと簡単だ。海ではないので潮の流れもない。反復するだけの退屈なくらいの動作である。

オールを漕(こ)ぎながら、レオンハルトの双眸(そうぼう)はユリアーナの唇に吸い寄せられた。

先程は口封じのような流れで、ついキスをしてしまった。

唇の端だったので、お遊びだと思われたのかもしれない。ユリアーナは驚きはしたけれど、咎(とが)めはしなかった。

一国の王女にくちづければ、たとえ冗談であろうとも罰せられるものである。

それなのにユリアーナは許容してくれた。しかも、今日だけは恋人同士だとも認めてくれたのだ。

——これは……私に、惚れているということだろうか……?

そう考えると嬉しくてたまらなくなり、両腕は軽やかにオールを漕ぐ。

一分の隙もない美貌の皇子と称されているレオンハルトだが、好きな人の前ではただの臆病な男だ。ユリアーナにどのように思われているのか、気になって仕方ない。

やがてボートは湖の中程へやってきた。

湖面を涼しい風が吹き抜けていく。

「綺麗ね……。湖からは、こんなふうに景色が見えるのね」

「ああ、そうだね。新緑の季節は清々しい」

ユリアーナは辺りの風景を眺めていたが、レオンハルトはそれを目の端に留めたのみで、常に視界の中心にユリアーナを据えていた。

彼女の銀髪が、陽光に煌めいている。風が吹くと、まるで銀の糸が舞い散るかのように、きらきらして眩い。

彼女の魂が、透けて見える。

純真で穢れのない魂は決して脆くはない。鋼のごとき強さを兼ね備えている。

私が、この魂を守る。

愛しい人を眼前にして、想いが高まる。

「好きだ」

レオンハルトは心のままに告げた。

びっくりしたらしいユリアーナは碧色の双眸を瞬かせたけれど、すぐに破顔する。

「ええ、私もよ」

軽く返されてしまい、レオンハルトは微苦笑を零した。

恋人という設定なので、その流れの台詞だと思われたらしい。

つい本心を伝えてしまったが、もちろん後悔はしていない。

それよりも、言えて良かったと思えた。

たとえ冗談と受け止められたとしても、いつかユリアーナは、この想いに気がついてくれるに違いないだろうから……。

ふたりは笑みを交わしつつ、心地好い風の吹く湖での船遊びを楽しんだ。


しばらくして、ふたりはボートから降り湖畔を臨む小道をゆるりと散歩した。

紳士らしく肘を出すと、ユリアーナは微笑を浮かべながら手を回してくれる。腕から伝わる彼女の感触を、レオンハルトは身体の奥深くまで刻みつけた。

「船遊びは楽しかったわ。レオン、腕は痛くない？」

「まったく。今回でコツを掴んだよ。あと百回はボートに乗れそうだ」

「まあ。大げさなんだから」

ふたりは笑い声を弾けさせる。

しばらくして、小道の向こうから訝しげな表情でこちらを見やる人物に出くわした。

身なりの良さから察するに貴族の子弟だ。若い男だが、その相貌には怠惰が刻まれている。

「おい、おまえ」

唐突に不躾な言葉を浴びせられ、ユリアーナが立ち竦む。

おそらく彼女はそんなふうに呼びつけられた経験は一度もないだろう。

さりげなく彼女を背に隠したレオンハルトは、礼節を保ちつつ返答した。

「何か用かな？」

「痛い目に遭いたくなければ、その女を置いていけ。俺が面倒を見てやる」

「ほう……」

街のごろつきみたいな言い方に、レオンハルトは感心する。

お忍びで街へ出かけたとき、ならず者に遭遇して金品を要求された経験があるが、それと似たようなものらしい。もちろん、ならず者は叩きのめしてから衛兵に引き渡した。

つまり、皇子の顔を知らない彼らにとって、レオンハルトはただの優男なのだ。少し脅せば怯えて、手にしている宝物を差し出すに違いないと思われている。

レオンハルトは毅然と返答した。

「そういうわけにはいかない。彼女は私の恋人なのだ。見知らぬ君に預けるわけがないだろう」

「俺を誰だと思ってる！　俺の父親はブラン男爵だぞ。男爵家の俺が遊んでやると言っているんだ。楽士風情が、さっさと女を渡せ！」

どうやら勝手に楽士と認定されてしまったようだ。今日の格好は旅支度のため、チュニックに革製のズボンという軽装で、楽士風に見えるのかもしれない。

この男は男爵令息だそうだが、王宮の儀式や祭典などには出入りしていないのか、自国の王女の顔を知らないのだろう。ユリアーナが王女だと気づいていれば、いかに放蕩貴族であろうとも、このような不敬な態度は見せないはずだ。

背後のユリアーナが、そっと肩に手をかけてきた。

その顔には先程までの笑みは消え、憂慮が刻まれている。

「不敬な物言いはおやめなさい。こちらのお方はアイヒベル……」

「おっと、待ってくれ。これはあなたという麗しい女性を取り合う男と男の戦いだ。身分は関係ない」

レオンハルトは慌ててユリアーナを押し留める。

ここで身分を明かされては、これまでの楽しい時間が泡となって消えてしまう。それに皇子だからという理由で彼に退いてもらうのも、納得できかねるものがある。

レオンハルトはブラン男爵令息に向き合った。

「ここは男同士、どちらが彼女の手を取る資格があるのか、剣で勝負しようではないか」

臆病者に国が守れないように、好きな女もまた自らの力で勝ち取るものだ。

堂々と言い放つレオンハルトに、男は馬鹿にしたような嗤いを漏らした。

「楽士に剣が振るえるものか。いいだろう、痛めつけてやらないとわからないみたいだしな」

男が腰に佩いたレイピアを抜く。

レオンハルトも護身用のレイピアを鞘から抜き、白銀の刃を曝した。

「あなたは少し離れたところで見ていてくれ。ほら、あそこの東屋なら、彼の剣が弾き飛ばされても怪我をしない距離だから平気だ」

東屋を指し示すと、ユリアーナは切迫した表情で縋りついてきた。

「いけないわ。決闘なんてやめてちょうだい。もし、レオンの身に何かあったら、私は……」

「大丈夫だ。私は負けない」

彼女の不安を取り除いてあげられるよう、力強く頷く。

それにしても、信用されていないのだな……と少々哀しくなった。

他国の皇子が傷を負って外交問題に発展することをユリアーナは恐れているのだろう。

ディートヘルムをはじめとした騎士相手に鍛えている剣の腕は、そこらのやさぐれた貴族には劣らないつもりなのに。

ユリアーナを東屋まで導いたあと、レオンハルトは改めてブラン男爵令息と対峙する。

――剣の構え方がいい加減だな。

ろくに鍛練を行ったこともないのだと思われた。

だが、気を抜いてはいけない。どれほどの達人でも、油断すればありえないミスを犯す。それはすなわち死に繋がるのだ。

右足を前にして、ロングポイントの正眼に構えた。切っ先は相手の喉元に狙いを定める。

突如、男は間合いも考えずに突っ込んできた。

剣戟が交わされる。

身を捻り、レオンハルトはデミ・ヴォルテで躱した。

カウンターの突きを繰り出すと、男はよろけながら飛び退く。

レオンハルトには余裕があったが、男の息はもう上がっていた。

「くそ。楽士のくせに、こなれてるじゃないか」

「君の膂力は中々のものだ。雑さを取り除けば、もっと良くなりそうだな」

「この！」

男は再び斬撃を振るう。

だが、遅い。

瞬速の一閃が走る。

キン、と硬質な音が鳴った。

その刹那、レイピアが空中に放り出される。

男が手首を押さえて蹲った。後方の芝に、弧を描いたレイピアがざっくりと突き刺さる。

「怪我はないだろう。剣を弾き飛ばしただけだからな」

勝負は決した。

レオンハルトはレイピアを鞘に収める。

東屋から駆け寄ってきたユリアーナが、心配そうな表情で彼に寄り添った。

「良かったわ、レオン……。あなたが怪我などしたらと思うと、私の心臓は潰れそうだった」

「このとおり、なんともないよ。あなたが国王に叱（しか）られることもないだろう？」

「まあ！　そんなことを心配していたのではないわ。私はレオンが痛い思いをすることが耐えられないのよ」

ユリアーナの優しさに、顔が綻（ほころ）ぶ。

彼女は自らの保身など考えず、ただレオンハルトの身を案じてくれたのだ。

たまらない愛しさが込み上げ、ユリアーナの肩を抱き寄せる。

敗れた男は手首を押さえて悔しげにレオンハルトを睨（にら）みつけていたが、その隣に寄り添うユリアーナの顔を見て、あっと声を上げた。

「あなた様は、まさか……ユリアーナ王女⁉」

「そうよ。あなたは確か、ブラン男爵の二男、セドリックね。存じています」

王女が下位の貴族である男爵令息の名前まで把握していたと知り、青ざめたセドリックは慌てて膝をついた。

「も、申し訳ございません！　よく顔を見ていなかったもので……王女様とは知らず、ご無礼をいたしました」

先程とは打って変わり、殊勝（しゅしょう）な態度である。

ユリアーナが王女らしい寛大さで向き合う。

「私がすぐに名乗らなかったために誤解を招いたわね。今回のことは不問に付します。けれど事の次第は、ブラン男爵に報告させてもらうわ」

「は、はい……」

頭を下げたセドリックは、おそるおそるレオンハルトに目を向けた。

王女と同伴しているということは、この男は楽士ではなく、それなりの身分がある者ではないかと察したらしい。

たとえば、隣国の皇子であるとか。

レオンハルトは優美な笑みを浮かべる。

「君は好みの女性を旅の楽士と決闘して取り合い、敗れた。ただそれだけだ。今後は剣の鍛練に励むと良いのではないかな」

深く頭を下げたセドリックは走り去っていった。今後は父親である男爵が目を瞠るほど、真面目に剣の稽古に取り組むかもしれない。

「楽しい余興だったね。彼も反省してくれたかな」

「まあ……余興だなんて。シャルロワ王国の貴族の不始末は私の責任よ。あなたにあのような侮辱を与えてしまい、とても申し訳ないわ」

「私は気にしていないよ。それに、今の私は皇子レオンハルトではないからね」

今日だけは、人間に姿を変えた鳥のレオンなのだ。そしてユリアーナは、レオンハルトの恋人なのである。

安堵の笑みを浮かべたユリアーナを、東屋へ導く。

寄り添って椅子に座ると、湖畔の景色がよく見えた。

すでに陽は西に傾き、空には紅色の雲が広がっている。風が出てきた。もう一日が終わってしまうらしい。

ふいにユリアーナがぽつりと呟いた。

「この魔法も、もうすぐ解けてしまうのね……」

楽しい時間は瞬く間に過ぎていく。

ふたりが恋人同士という、一日だけの魔法は、日没と共に消えてなくなるのだ。

潤んだ瞳に夕陽を映しているユリアーナに、レオンハルトは微笑みを向けた。

「今日の魔法は解けてしまうけれど、いつか、本物の恋人になろう」

彼女は驚いた顔をしたが、すぐに笑顔になってくれた。

だが、その表情には、微量の諦めと哀しみが滲んでいることを感じ取る。

魔法の中の、戯れ言と思われていそうだ。

レオンハルトの決意は、あまりにも現実離れしているのかもしれない。ふたりの立場上、本物の恋人になれる日など来ないであろうと、ユリアーナは予想しているのだ。

レオンハルトは真摯（しんし）な双眸（そうぼう）で、愛しい人を一心に見つめた。

「愛している。私は必ず、あなたを妃にする。それを、忘れないでいてほしい」

「レオン……嬉しい。そうなったら、素敵だわ。私は、鳥の国の王妃になれるのね」

その答えに、つい苦笑を零（こぼ）してしまった。

真剣に言ったのだが、設定の延長と思われたらしい。けれど、今はどんなに言葉を尽くしても信じてはもらえないだろう。男ならば、自らの手腕で証明するべきだ。

レオンハルトは、ふたりの未来を現実のものとするべく、すでに漕（こ）ぎ出（だ）しているのだから。

「そうだね。あなたは世界でもっとも幸せな妃になる」

ユリアーナの碧色（みどりいろ）の瞳には、優しげな色が浮かべられていた。

吸い寄せられるように顔を傾（かたむ）けると、すうっと双眸（そうぼう）が閉じられる。

夕焼けの中、ふたりは自然に唇を重ね合わせた。

未来への、約束のしるしとして。

やがて夕陽が山の稜線(りょうせん)に沈む頃、ふたりは湖畔(こはん)をあとにして王宮への道を戻る。

別れを目前にして、胸が詰まり、何か話したいのに言葉が出てこない。ユリアーナも俯(うつむ)きがちだ。繋がれたふたりの手は、残りの時間を惜しむかのようにしっかりと握られている。

「また、会おう。私はいつでもあなたを見守っているよ」

「ええ……。今日は楽しかったわ。会えて、嬉しかった……」

互いに見つめ合い、寂しさの混じる笑みを交わした。

そのとき、複数の侍女たちの呼び声が届く。彼女たちは王宮の外へ出て、いなくなった王女を捜している。

「ユリアーナさまー……どこにいらっしゃいますー……」

「ロラ！　ここよ」

ユリアーナの呼びかけに気づいた乳母(うば)のロラと侍女たちが駆け寄ってくる。彼女たちは安堵(あんど)して、ユリアーナを取り囲んだ。

「――ユリアーナさま、心配いたしました……！」

「ちょっと湖へ遊びに行ってきたの。信頼できる方と一緒だったから大丈夫よ。それより、馬車と従者を用意してちょうだい。こちらの方は……あら？」

ユリアーナが振り返ると、そこには誰もいなかった。

見上げた空に、一羽の鳥が夕陽へ向かっている。

ひとときを過ごしたレオンなる人物は、やはり鳥だったのだろうか。あのくちづけも、魔法の中のまぼろしだったのか。

「まあ……あの方は帰ってしまったのかしら……」

「ユリアーナさま、王宮へ戻りましょう。国王さまもご心配されていました」

ロラに促されて、ユリアーナは門をくぐり、王宮へ入った。

少し離れた木陰に佇んでいるレオンハルトは、その後ろ姿を見届ける。

そうしてから木陰に繋いでいた馬に乗り込み、シャルロワ王国をあとにしたのだ。

今日は、とても幸せな一日だった。

幸福の残滓を噛みしめつつ、レオンハルトは夕闇の中に佇む王宮を一度だけ振り返る。

「あ……！」

王女の部屋の窓から顔を覗かせたユリアーナが、こちらへ向かって手を振っていた。

胸の奥から、万感の想いが込み上げる。

先程まで隣にいてくれた彼女は、今はもうとても小さくなっているけれど、愛しさはいっそう増すばかり。

レオンハルトは高く腕を掲げて応えた。

――いつか必ず、あなたを迎えに行くよ……

そして攫ったあなたと教会で結婚式を挙げよう。

あなたを、世界で一番幸せな妃にする。ふたりの子もたくさんもうけよう。

誓いを胸に秘めたレオンハルトは、丘を越えていく。

空には大粒の星が輝いていた。まるで、道標のように。

書き下ろし番外編

黄昏の王との一夜

薔薇(ばら)が咲き誇るシャルロワ王国の庭園で、ユリアーナは白磁(はくじ)のティーカップをゆっくりと傾(かたむ)けた。

政務の合間のアフタヌーンティーは、大切なひとときだ。

大理石のラウンドテーブルには、精緻(せいち)な細工のティースタンドと、ティーセットが並べられている。

本日のメニューは、フォアグラのムース、モッツアレラのタルティーヌ、そして甘味は淡く優しい色合いのマカロンに、飴(あめ)細工の蝶(ちょう)が飾られたバニラローズタルト、濃厚なプラリネクリームと苺を合わせたエクレールプラリネ、金箔が塗(まぶ)されたチョコレート。

それから温かいスコーンとマドレーヌがバスケットに盛られている。もちろんクロテッドクリームとレモンカードを添えて。

妊娠中なので飲み物は紅茶ではなく、すべてノンカフェインのハーブティーにしている。

ユリアーナのお気に入りは薫り高いローズティーだ。浮かべられた一片の薔薇の花びらが、まろやかに鼻腔をくすぐった。

麗しいその香りは、いつも愛しい人の面影を匂わせる。

「ふう……。レオンハルトはどうしているかしら」

小さな溜息を吐き、大きくなったお腹を無意識に掌で撫でる。

お腹の赤ちゃんは順調に育っていた。現在はすでに臨月である。

シャルロワ王国の君主だったユリアーナは、アイヒベルク帝国皇帝レオンハルトと結婚した。彼の皇妃であると共に、生まれてくる次期国王の国王代理として、国内において政務を担っている。

そういった事情があるため、ふたりは夫婦でありながら共に暮らすことができない。

懐妊できたのは、レオンハルトと愛の行為をふたりで紡いだからだ。そして王国の未来を幸福に導けたのも、レオンハルトが活躍してくれたおかげである。

さらにユリアーナは自分が国王代理と皇妃というふたつの椅子に座る、類い希な幸運の持ち主であることは承知している。

それなのに、夫といつも一緒にいられない。当たり前であるはずの幸せが得られないという境遇が哀しい。仕方のない状況だとわかっているはずなのに、時折たまらない寂しさが込み上げる。

もうすぐ赤ちゃんが生まれるのに、こんなに憂鬱な気分ではいけないとは思うのだけれど。

碧色の双眸に物憂げな色を浮かべると、風が絹糸のような銀髪を攫っていく。

陶器のポットからハーブティーのお代わりを注いだ侍女のロラは、穏やかな笑みを向けた。

「レオンハルト様は政務でお忙しいのでございましょう。出産の折りには必ず立ち会うと、七日前に言い残してお帰りになられましたから、今頃は大急ぎでこちらへ向かっているかもしれませんね」

「ええ……そうね」

レオンハルトがユリアーナのもとを去ってから、まだ七日しか経過していないことに、ロラの言葉で気づかされる。

愛する人に会いたいと焦がれる想いは、凄まじく時を長く感じさせるものだと知った。ユリアーナの感覚では、もう数ヶ月が経ったかのようだ。

再び溜息を吐きかけた、そのとき――

庭園の薔薇たちが、そろりと花弁を揺らした気がした。ユリアーナは手にしていたティーカップをソーサーに戻す。

「あら。あの馬は……」

丘の上に建つ王宮へ向かって、一騎の早馬が駆けてくるのが見えた。

もしかしたらレオンハルトが来てくれたのかと胸に期待が過るが、それはすぐに打ち消される。

騎乗しているのは、赤銅色の髪をした屈強な男だったからだ。

彼はレオンハルトの第一侍従、ディートヘルムである。

常に影のごとくレオンハルトに付き従っている彼が、ひとりでシャルロワ王国を訪れるなんて前代未聞だ。まさか、レオンハルトの身に何事か起こったのか。

青ざめたユリアーナは席を立った。ふらついたその身体をロラが支える。

ややあって、下馬したディートヘルムは薔薇園にやってきた。

彼は慇懃に膝をつき、頭を垂れる。

「我が主の命により『薔薇の君』へ、特別な招待状をお持ちしました」

大仰な台詞に、ユリアーナは目を瞬かせる。

ディートヘルムは至極真面目な口調だ。一通のカードと共に真紅の薔薇を一輪添えて、彼は差し出した。

「どういうことかしら。レオンハルトはこちらに来ていないの？」

「それはですね……カードを見ていただけるとわかります。王女様は何も心配なさらずこの遊興にお付き合いしていただけますと、我々の労苦も報われますね」

苦労性のディートヘルムは眉根を寄せている。見ると、彼が腰につけた袋からは薔薇の花びらが零れていた。

ユリアーナはロラを介して、一輪の薔薇とカードを受け取る。

カードを開くとそこには流麗な文字で、こう記されていた。

『愛しい薔薇の君よ。貴女と素晴らしい思い出を作りたい。黄昏の王である私の腕に抱かれるために、どうか薔薇の花弁を辿ってほしい』

まるで愛の詩のような麗しい言葉が綴られているが、レオンハルトの筆跡である。どうやらユリアーナを〝薔薇の君〟とし、レオンハルトは〝黄昏の王〟と称しているようだ。

顔を上げると、道筋を示すかのように、薔薇の花びらが点々と落ちている。ディートヘルムが撒いてきたらしきそのしるしは、庭園の外まで伸びていた。

「黄昏の王が私を誘っているようね。会いに行ってみましょう」

ユリアーナはロラとディートヘルムを伴い、メッセージどおりに花びらを辿っていく。

城門から王宮を出る。道に点々と撒かれた薔薇の花弁は、近くの林へと続いていた。

すると木漏れ日の射す林に、見慣れない壮麗な馬車が停まっているのが目に入る。

「まあ、これは……！」

八頭の白馬が引いているその馬車は、馬と車輪がなければ馬車とわからないくらい特大だった。まるで白亜の小さな宮殿である。

唖然としていると、ディートヘルムが入り口となる金の扉を開けた。

現れた馬車の主が、眩い金色の髪をなびかせて微笑みかける。

「やあ、薔薇の君よ。来てくれたのだね」

純白の礼装を纏ったレオンハルトは、深みのある声音で呼びかける。

階段を下りた彼は恭しい仕草で、ユリアーナの手を掬い上げた。

「レオンハルト……この馬車は、いったいどうなさったの？」

「特別に作らせたのだ。私たちがゆっくり過ごすのに最善の方法は何かと考えた結果、両国間を移動する際にも寛げる空間が必要だと悟った。どうか室内を見学してほしい」

レオンハルトに手を取られて階段を上がり、馬車の中へ足を踏み入れる。

純白で統一された室内は広い造りをしており、ゆったりとした椅子が設置されていた。足を伸ばせるので、長旅でも疲れが溜まらなそうである。

その奥にはさらに扉があった。レオンハルトは片目を瞑り、自ら金のドアノブに手をかける。

開け放たれた扉の向こうには、薄い紗に覆われた豪奢な寝台が鎮座していた。淡いローズに彩られた寝室は、ほのかに淫靡な香りが漂う。

「なんて素敵なんでしょう。こんなに豪華な馬車は初めて……、あっ」

背後から絡みついてきた逞しい腕に、ぎゅっと抱き込まれる。

久しぶりに感じる夫の体温に、ユリアーナの鼓動はどきんと弾んだ。

「捕まえた。もう逃がさないよ、薔薇の君」

「レオンハルトったら……私はどこへも逃げないわ。あなたの妻なのよ」

頤を掬い上げられ、ちゅっとくちづけを交わす。

愛する夫との接吻は、胸を甘くときめかせた。

「かつて砂漠の女王は英雄と暮らすため、長きに渡り国を空けた。国はあなたを縛りつける鎖ではない。私の権力をもってすれば、あなたを攫って帝国の宮殿に閉じ込めることもできる……と考えてしまうくらい、私は妻に恋い焦がれているのだよ」

レオンハルトも会えない日々に想いを募らせていたのだ。

切ないけれど、たまらなく愛おしい。

ひとときの逢瀬に、ふたりは固く抱き合う。互いの体温をその身に刻みつけるように。

「私も会いたかったわ。お腹の子が生まれて、落ち着いたら、必ず帝国を訪問するわね」

「ああ。そのときはこの馬車を使おう。赤子も一緒に乗れるから安心だよ」

「そのために、こんなにも豪華な馬車を造ってくれたの？　嬉しいわ」

「あなたのためならば容易いことだ。今は離宮を建設しているから、訪問の際にはそこに泊まるといい」

　薄い紗を掻き分けたレオンハルトは、ユリアーナを寝台に座らせる。臨月のお腹は前屈みになれないくらい張り出していた。

　ゆったりとしたローブに包まれたお腹を、レオンハルトは双眸を細めて見つめる。

「そろそろ産まれそうだね。今回は出産を見届けるまで滞在する予定だ。ずっとあなたの傍にいるよ」

「一緒にいられるのね。でも……なかなか陣痛が訪れないのよ。お腹が痛くなっては医師を呼ぶのだけれど、痛みが治まってしまうの。もしかしたら時間がかかるかもしれないわ」

　頬にくちづけたレオンハルトは、優しくユリアーナの肩を抱いた。

「不安に思う気持ちはよくわかるが、焦っては身体によくないからね。今夜は一緒に寝よう。ここで星を見ながらなら、ゆったりした気分になれる」

「……ここで？」

不思議に思ったユリアーナは天井を見上げた。

馬車の天井には精緻（せいち）な模様が描かれている。屋外ではないので、ここから星が眺められるわけではない。しかも寝室には窓がなかった。

レオンハルトはまるで予言者のごとく両手を掲げると、高らかに命じた。

「黄昏の王の名において命じる。王女に星への道を示すのだ」

すると、ゴゴゴゴ……と音が響いた。

天井の一部が滑るように移動し、そこから空が見える。

思いもしない仕掛けに、ユリアーナは目を見開いた。

「まあ……！」

天井は可動式に造られていたのだ。レオンハルトの合図で侍従が紐（ひも）を引くと、一部分が開閉するようにできているのである。これなら寝台に寝そべったまま星を眺めるという贅沢（ぜいたく）な望みが叶えられる。

「素敵だわ。星を見ながら眠るなんて、初めてよ」

「そうだろうね。今宵（こよい）は寄り添いながら、ずっとふたりで星を眺めていよう。……いや、お腹(なか)の子どもと三人でだね」

「ええ……そうね」

そっとレオンハルトの強靱(きょうじん)な肩に凭(もた)れて、幸せを噛みしめる。

静かな馬車でふたりきりの時間を過ごし、夕食も車内で摂った。湯浴みを済ませて馬車に戻ると、ふたりは寝台に身を横たえる。

身を寄り添わせたレオンハルトに、ぎゅっと手を繋がれる。

熱い掌(てのひら)から伝わる体温が、それまでの懊悩(おうのう)を霧散してくれるようだった。

「寒くないかい？」

「いいえ、ちっとも」

身体が冷えないよう、レオンハルトは毛布をかけ直してくれた。

見上げた夜空には数多(あまた)の星々が輝いている。ふたりで眺める星空は、なんと美しいのだろうと感動を覚えた。

「綺麗ね……」

「……ああ。星は美しいが、あなたのほうがもっと美しい」

「まあ。そんなことを言って」

「私は真実を述べたまでだよ。嘘か実か、星たちに聞いてみるといい」

レオンハルトが大真面目に言うものだから、ユリアーナは悪戯めいた笑みを浮かべた。

「それじゃあ、聞いてみようかしら。――星よ、あなたと私、美しいのはどちら？」

「――もちろん、ユリアーナさまです！」

こっそり裏声で答えるレオンハルトに、堪えきれない笑いが溢れる。

夜闇の中に、ふたりの楽しげな笑い声が重なる。

こうして夫婦の時間を穏やかに過ごせるのは得がたい幸せだと、ユリアーナは愛しい人の体温と共に思ったのだった。


豪奢な馬車でレオンハルトと一夜を過ごしたユリアーナは、明け方につきりとした痛みを腹部に感じた。

「う、ん……」

階段を上っていくようなその疼痛に、もしかして……という思いが過る。

「ユリアーナ、どうしたのだ。まさか、陣痛か？」

添い寝していたレオンハルトが素早く事態を察知し、侍女を呼ぶ。ややあって医師が駆けつけた。その頃にはもうユリアーナは、起き上がることもできないほどに苦悶していた。

太陽が空に昇る頃、白亜の馬車から産声が響き渡る。

「おめでとうございます、ユリアーナさま！　元気な男の子でございます」

高らかなロラの声は馬車の外で待機していた侍従たちの耳にも届き、喝采が沸き起こる。

シャルロワ王国に、王位継承者が誕生した。

深い息を吐いたユリアーナは、産着にくるまれて寄り添う王子の顔を初めて見る。

きゅっと目を閉じている赤子は、黄金の稲穂のごとき金髪だった。聡明そうな顔立ちはレオンハルトにそっくりだ。

そのとき、緊張した面持ちでレオンハルトが入室してきた。彼は息を呑み、ゆっくりと寝台に屈む。

「レオンハルト……産まれたわ。男の子よ」

奇跡を目にするかのように瞠目したレオンハルトは、赤子と妻の顔を交互に見た。そうしてから彼は、深い安堵の息を吐く。

「ふたりとも無事で良かった……。産んでくれて、ありがとう」

ねぎらいの言葉を受けて、ユリアーナの頬が綻ぶ。レオンハルトは愛しげに妻の銀髪を撫でた。

馬車で出産するという稀有な状況ではあったが、ユリアーナは無事に出産を終えたのだった。

愛する人の子どもを産むことができ、胸に多幸感が溢れる。

我が子を腕に抱いたレオンハルトは目を細めて、すやすやと眠る赤子を見つめる。

新しい家族が生まれた王女と皇帝の夫婦は、至上の幸福に包まれた。

NB ノーチェ文庫

目の前の胸板はご褒美？

私のベッドは騎士団長

このはなさくや　イラスト：緒笠原くえん

定価：704円（10% 税込）

亜里沙が目を覚ましたのは、見知らぬ男性の身体の上。自宅のベッドで眠ったはずなのに、一体ここはどこ……？　訳がわからないながらも、亜里沙はとりあえず大好物の筋肉を堪能することにした。これは、日々激務に追われている自分へのご褒美的な夢……!!　そう都合よく解釈したのだけど――!?

詳しくは公式サイトにてご確認ください

https://www.noche-books.com/

携帯サイトはこちらから！